Un mal terrible se prépare

Laurent Lussier

Un mal terrible se prépare

ARTHAUD

Un mal terrible se prépare a été initialement publié
par La Mèche, une division du Groupe d'édition
la courte échelle inc., 2018, Montréal, Canada.

82, rue Saint-Lazare
CS10124
75009 Paris
ISBN : 978-2-0804-6799-7

Prologue

Réseau d'urgence pour la faune, annonçait le dépliant entre mes mains – qui souffraient un peu du froid nocturne, au bord du feu non encore vif que j'avais allumé un instant plus tôt. Et dessus se trouvait le logo de l'organisme : une croix sous la silhouette d'un mammifère. Peu de lumière descendait du ciel nuageux entre les têtes dégarnies des quelques jeunes sapins qui entouraient ma tente, mon feu, mon camp modeste. *Animal blessé ?*, demandait le texte au bas du dépliant. *Composez sans frais le 1-800 quelque chose*, et les autres indications d'usage luisaient en noir et jaune sous la photo d'un porc-épic. Celui-ci, boudiné dans un pansement blanc, nous regardait d'un œil que je décrirais comme sauvage, c'est-à-dire pas méchant, mais très dur et sans humanité.

Je commençais ce jour-là mes vacances et avais résolu de planter dans une clairière quelconque les quatre piquets de ma tente. De cette manière, je traversais mon mois de loisir : en campant n'importe où, à l'orée des forêts banales et grises qui bordent la route. Car un fossé ou un sous-bois anonyme ne joue pas un rôle moins nécessaire, ne serait-ce que du point de vue des moufettes et des merles qui y ont élu résidence, que le sommet spectaculaire d'une montagne ou les rives d'un fleuve puissant. Et si l'on veut être absolument juste et répartir son temps également entre tous les paysages, c'est au hasard qu'il faut visiter la nature, en marchant et en dormant le long des chemins obscurs qu'elle trace. Telle était ma pensée alors que j'amorçais mes vacances et que les évènements terribles et surprenants des trente jours suivants étaient encore imprévisibles.

Quelques heures plus tôt, passant au travers de mon environnement immédiat – des arbres touffus massés en désordre le long de la route –, je m'étais aventuré à la limite d'un champ où l'eau s'écoulait pour former un étang. Des traces de pneus créaient un chemin à travers les herbes hautes qui, toutes surmontées de longs épis et mêlées aux multiples arbustes sauvages, formaient une barrière et cachaient le trou d'eau. Ça devait contenir deux ou trois types de grenouilles, vingt plantes différentes, plusieurs insectes aussi, ce quinze mètres par trois d'eau réfugiée dans une fosse. *Mais voilà qui est plutôt étrange*, ai-je pensé en arrivant : je constatais qu'à la surface flottait une épaisse mousse orange. Cette mousse recouvrait une portion de l'étang, formant même par endroits des pics, des vallons et des bosses. Je me serais cru en avion, fonçant vers les cumulus au soleil couchant ! Car j'avais devant les yeux un ciel couleur citrouille reproduit à l'échelle 1 : 10 000, une maquette du crépuscule fabriquée en écume qui flottait à la surface d'un étang. Mais d'où venait cette mousse ? L'avait-on déversée ou faite sur place ? Il y avait par endroits plus d'un mètre de bulles compactes, plus petites que des bulles de savon – pas huileuses, mais mates ; résilientes, n'éclatant pas au simple toucher. Quand soufflait un coup de vent, il s'en détachait un morceau qui voletait, puis se déposait dans les herbes hautes, comme de la crème fouettée sur un bouquet d'asperges.

Percevait-on autour de l'étang une odeur particulière ? Pas du tout. Et trouvait-on dans le champ en friche des bouteilles de bain moussant ? On n'en trouvait aucune. Je faisais le tour du trou d'eau à la recherche d'une explication, en observant la mousse orange flotter comme la trace d'un crime.

Et au moment où j'allais partir, mon pied s'est posé près d'une chauve-souris. Elle gisait dans la boue, incapable de voler – les membranes de ses ailes, brunes comme son pelage, se confondaient avec le sol. En me penchant, j'ai aperçu distinctement son œil noir, sa mâchoire grimaçante et le pavillon effilé de son oreille qui tremblait. Je l'ai recueillie dans mes mains placées en bol et transportée jusqu'à ma tente pour l'observer de plus près.

On sentait chez elle une faiblesse, un état mou.

Sa peau était recouverte d'une épaisse couche de sébum qui luisait au soleil et, sous celle-ci, comme des perles minuscules émergeant de la chair par les pores dilatés, des boutons blancs parsemaient tout son corps. Horrible vision, car son museau, la membrane de ses ailes et tout le reste de la surface de sa peau étaient affectés par cette acné blanche distribuée de manière uniforme de la queue aux oreilles. Je me prenais à la regarder, assoupie, avec un mélange d'attachement et de dégoût.

Qu'y avait-il à faire maintenant ? Elle mourrait rapidement sans l'aide d'un vétérinaire. J'ai déniché un plat de plastique que j'ai transpercé puis coussiné en y déposant des herbes et, dans ce système improvisé de transport animal, la chauve-souris a trouvé sa place, encore endormie. Nous avons pris la route vers la station-service qui bourdonnait à quelques kilomètres.

C'était, parmi les arbres, une construction simple : toit en pente, bois rond verni pour l'extérieur, fausse cheminée et trois enseignes : « Glace », « Libre-service », « Bois ». Le mouvement des campeurs produisait un vrombissement continu d'achat d'essence et de collations, de jambes qui s'étirent et de visites aux toilettes. En ouvrant la porte, on déclenchait un timbre sonore. À l'intérieur, un trompe-l'œil peint sur le linoléum donnait l'impression de marcher sur des pierres. Et ne percevait-on pas dans l'air un parfum d'ambiance évoquant les sous-bois – bolet séché, peut-être ? La jeune fille au comptoir, penchée sur sa caisse, comptait la monnaie dans le creux de sa main, quand je me suis approché : *Je cherche un vétérinaire...*

Elle s'est retournée, a saisi un gros annuaire et l'a déposé sur le comptoir.

Qui ne se sent pas aspiré par les pages d'un annuaire ? La succession des catégories d'entreprises offre la meilleure évocation de la diversité de l'univers – ou plutôt, l'annuaire réalise une stupéfiante superposition d'univers, où se dessinent les liens les plus innombrables entre les activités humaines. D'une page à l'autre, on voit untel poser des Vitres dans un Vidéoclub, ou bien en réparer le Ventilateur, puis changer ses Vêtements et sauter sur son Véhicule récréatif. Et peut-être amorcer un Voyage ? Chaque catégorie de commerce et de services constitue une étoile dans un ciel nocturne. L'annuaire est ce ciel. Et l'œil du lecteur, comme les astronomes amateurs, cherche des constellations. Aussi aurais-je pu être couché sous la voûte céleste dans le désert ou debout dans un champ à me promener la tête renversée tellement j'avais l'esprit ailleurs, quand la caissière m'a un peu secoué (je bloquais la file). *C'est incroyable*, ai-je répondu pour me justifier, *tous les attraits que l'on trouve dans la région.* Et à ces mots, son visage s'est tout de suite éclairé. Pas de doute selon elle que la région regorgeait d'activités, comme en témoignait un présentoir près de la caisse coiffé d'un écriteau *Bienvenue* et débordant de feuillets, dépliants en papier glacé et bons de réduction. En me le désignant, elle s'est lancée dans une énumération des attractions régionales : sentiers pédestres, golfs, relais-détente. *Il y a même*, s'est-elle exclamée, comme ébahie par la diversité de tout ce qui se trouvait dans un rayon de vingt kilomètres, *des gens qui soignent les animaux sauvages. Ils offrent des visites. C'est tout près d'ici et, regardez, voici leur dépliant, ils s'appellent Réseau d'urgence pour la faune.*

Même si on ne fait rien de notable à part se promener, il arrive souvent que colle à nous une série de faits, d'évènements qui s'enchaînent, s'organisent à mesure qu'ils s'accumulent et nous procurent par le fait même une direction. C'est parfois tout simple : une photo trouvée, la porte ouverte d'une maison solitaire, une lettre reçue par erreur et ainsi de suite. Se combinent alors en quelque sorte deux disponibilités : la nôtre et celle de notre environnement. Parfois, la combinaison s'avère inféconde, comme un accouplement impossible. Mais parfois en jaillit l'aventure.

En appelant le Réseau d'urgence pour la faune quelques secondes plus tard, j'ai trouvé à l'autre bout du fil une bénévole de l'organisme qui m'a indiqué la marche à suivre et qui a fixé un rendez-vous. Ça me laissait quelque chose comme trois heures, le temps qu'arrivent à bord d'une jeep une Diane et un Dave qui se déplaçaient dans toute la région pour faire la cueillette des animaux blessés – c'est ce que j'avais compris. Diane et Dave visitaient alors l'hôpital pour enfants malades où ils donnaient une conférence. *Une conférence ? — Oui, dans le cadre de notre mission éducative*, avait ajouté la bénévole presque en chantant, et j'ai ri, mais sans trop savoir pourquoi. On s'est salués et j'ai marché jusqu'à mon campement, où j'ai attendu.

Quelques heures plus tard, j'attendais toujours, si bien que, voyant le soir tomber, j'ai allumé un feu et sorti de ma poche le dépliant fripé. Il faisait froid, je frissonnais. Sur mes genoux, la chauve-souris remuait un peu, comme anxieuse avant un voyage. Et, stimulé par autant de nouveauté et de mystère, je me suis mis à penser aux accidents qui font bifurquer l'existence. Une chute dans l'escalier sur des marches mouillées :

tandis que vous gisez par terre s'approche un escargot. Vous le ramenez chez vous, lui trouvez des compagnons, ils se multiplient, vous devenez éleveur d'escargots. Vous errez sans but sur la plage et votre pied heurte un coquillage. Qu'il est joli ! Par désœuvrement, vous en ramassez d'autres et prenez rapidement conscience de la diversité de tailles, de formes et de couleurs qui les caractérise. Vous entreprenez de les classer, des lacunes apparaissent : il manque des coquillages pour compléter le tableau. Et sans que vous l'ayez prévu, dix ans plus tard, les murs de votre maison sont couverts de mollusques, votre hangar déborde et c'est avec pompe et fanfare que le musée d'histoire naturelle de votre ville natale accepte le don de votre collection.

Vous menez une existence amorphe toute tournée vers les plaisirs de la chasse et des fêtes entre amis quand un cousin vous initie à la chasse aux coléoptères. Comme vous venez d'abandonner vos études et qu'aucune obligation n'accapare vos journées, vous vous consacrez avec zèle aux coléoptères. Vous parcourez la campagne pour y soulever les pierres et inspecter, là où l'écorce se détache, les arbres malades ou morts. Vous en amassez des milliers et contribuez à des publications amateurs sur les hannetons. Et de la sorte, vous entrez en contact avec quelque professeur de renom, un botaniste avec qui vous aimez déambuler en parlant de la classification des cristaux et des plantes. Lecture de Lamarck, cours de chimie et de taxidermie : c'est une passion généralisée pour la science qui vous emporte tranquillement et, jeune homme curieux possédant désormais d'excellents contacts dans les milieux savants, vous êtes convié, bien que détenteur d'un simple baccalauréat, à prendre part comme naturaliste à un voyage d'exploration scientifique.

Le bruit d'une jeep non loin m'est parvenu, ses pneus s'agrippant à la route qui menait à mon camp, et je me suis levé en poursuivant mes rêveries. Ma tête était pleine des images envoûtantes d'un jeune aventurier débarquant sous les tropiques, son carnet à la main, prêt à découvrir des espèces nouvelles. Car c'est évidemment à un certain naturaliste anglais (inutile de le nommer : élancé, au grand front et aux épais favoris) que m'avaient conduit mes pensées. Et les détours surprenants de la vie de ce naturaliste (yeux bleus perçants, sourcils touffus, le dos voûté) m'apparaissaient soudain riches d'enseignement. Car bien qu'à moitié préparé et jusqu'alors fainéant et désœuvré, celui-ci se révèle redoutablement efficace une fois la mission confiée. Le voilà abordant des côtes inconnues, rocheuses et désertes ou recouvertes d'une impénétrable forêt tropicale. Aucune espèce ne lui est familière. Rien ne le prépare à déchiffrer le terrain qu'il foule. Alors, pour tirer les leçons de ce qu'il observe, il sort un calepin de sa poche et note. Sur la plage, en s'enfonçant dans la forêt, obsessivement, il note. À bord du *HMS Beagle*, l'estomac se contractant pour expulser les brochettes d'iguanes, il note. Sur terre, errant de longues semaines loin du capitaine FitzRoy parti cartographier les côtes, il note. Après avoir remarqué aux Galápagos des pinsons se distinguant d'île en île par le bec, il note encore. Et au retour, déballant son bloc-notes, il saisit de son voyage la leçon : les espèces n'ont pas de caractéristiques fixes, elles s'adaptent à leur environnement, évoluent par sélection naturelle – et il devient le plus grand naturaliste anglais.

Voilà ce que je devrais faire pendant mes vacances, ai-je résolu : ne sachant où je m'en allais, garder le calepin à la main et attendre. Sur mon parcours se présenteraient des faits inattendus : surprises, dangers, trouvailles – il ne pouvait en être autrement. Comme pour un naturaliste capturant une espèce inconnue, chaque aventure constituerait pour moi l'occasion de jeter une lumière nouvelle sur le monde et sur les évènements qui s'y produisent. Alors, pas question de perdre un détail de ce qui m'arriverait : mes aventures seraient mesurées, comparées, classées, et sur chaque péripétie j'accrocherais quelques mots : ce qu'il convient de retenir de cette tranche d'évènement et qui en résume la leçon. Et d'ailleurs, y avait-il meilleur décor pour réfléchir aux enseignements du monde que cette zone de villégiature remplie de lacs, de sentiers et de bois, éléments stables et durables sur lesquels asseoir un jugement sûr (de tout temps, l'homme, quand il ignore ce qui est bien ou ce qu'il faudrait faire, a regardé les fleurs et les animaux de la forêt en quête d'inspiration) ? De chaque aventure j'extrairais la leçon – la maxime qui en constitue le noyau –, ce qui ajouterait à propos du monde et de la manière d'y vivre un certain nombre de certitudes basées, en quelque sorte, sur la nature.

Pas de doute, ai-je pensé, *mes vacances prennent un tour nouveau.* Si j'ignore maintenant où je vais, je saurai à la fin ce qui m'y a mené ; et en consignant les évènements dans mon bloc-notes avec autant d'ardeur qu'il y a cent quatre-vingt-cinq ans le faisait le plus célèbre des naturalistes anglais, j'aurai, ai-je pressenti, enthousiaste, une jolie poignée de leçons des choses. Dans les feux avant de la jeep maintenant stationnée à quelques mètres de moi se découpaient deux silhouettes qui m'envoyaient la main. Elles s'approchaient ; je les ai rejointes.

1

Quelques minutes plus tard, je me trouvais à l'arrière de la jeep ; sous mes pieds, ma tente, mes bagages, mon sac de couchage.

Diane conduisait – c'était, comme j'allais l'apprendre bientôt, l'un de ses rôles habituels. La charge des menus travaux de charpenterie et de mécanique lui incombait aussi, d'où la veste de pêche qu'elle portait tous les jours : dans chaque poche, une pièce de quincaillerie. Seulement par la vigueur avec laquelle elle empoignait le volant et par cette manière tonique de tenir la tête haute, on devinait chez Diane la forme physique des gens qui travaillent sans répit.

À côté d'elle, Dave me faisait irrésistiblement penser à une autruche, avec sa petite tête duveteuse sur un long cou. De derrière la banquette où il était assis, je ne pouvais encore découvrir cette silhouette haute et replète que j'apprendrais à reconnaître les semaines suivantes au Réseau d'urgence pour la faune (et ce pas lent, traînant de la semelle…). Tout ce que je connaissais pour l'instant de Dave, c'était deux yeux ronds qu'il parvenait à tourner vers moi en étirant le cou. Il semblait fébrile, se tortillant sur son siège, donnant des indications sur le chemin, distribuant des noix qu'il extirpait d'un grand sac, m'interrogeant sur la découverte de la chauve-souris.

J'avais décidé de les suivre après leur avoir transmis l'animal, puisqu'ils retournaient à l'hôpital pour enfants malades où se tenait une gigantesque kermesse annuelle. Ils allaient dormir là et, si j'y campais moi aussi, ils me déposeraient le lendemain là où cela m'apparaîtrait propice. J'avais accepté l'offre sur-le-champ.

Donc, je roulais en jeep, je vibrais avec la carrosserie de la jeep.

Je me trouvais à l'intérieur de ce qui, au-delà d'un véhicule, constituait aussi une clinique conçue pour les animaux blessés, avec tout l'équipement vétérinaire emboîté comme dans un couteau suisse. Il s'agissait d'un modèle récent à cinq portes dont l'habitacle se limitait à une carrosserie nue, sans bancs ni moquette. Il y avait, boulonnées à l'armature, des armoires en acier inoxydable où s'accrochaient des lampes chauffantes articulées et une table d'opération moulée dans une sorte de plastique rigide. Tout l'équipement nécessaire (tube d'oxygène, pansements, anesthésiques, etc.) se rangeait dans quelques menus tiroirs. Des cages de tailles variables équipées d'une chaufferette, d'un abreuvoir et d'un cathéter miniature s'encastraient dans le bas des armoires de métal. L'eau parvenait aux animaux en cage grâce à un conteneur de cinq litres accroché au plafond et relié à un réseau de tubes translucides. La jeep comportait aussi une génératrice, un toit ajustable, un mini-frigo et un système d'émetteur-récepteur radio, couvrant un rayon de trois kilomètres. Le véhicule, peint en motif camouflage, arborait ces mots découpés dans le vinyle blanc : *Unité mobile d'intervention faunique.*

Notre rôle, m'expliquait Dave, *c'est de patrouiller dans la région, dans les zones, disons intermédiaires, comme celle-ci.* Il parlait de ces secteurs où les animaux s'aventurent hors des bois et s'égarent jusqu'à aboutir, un matin, blessés sur une pelouse. Le Réseau d'urgence pour la faune leur prodiguait des soins, leur réapprenait à marcher ou à voler, puis les réintroduisait dans la nature. Aux cas les plus lourds, ceux qui ne pourraient jamais plus vivre seuls en forêt, le Réseau offrait à perpétuité une captivité aussi confortable que possible.

Et je dois tout de suite préciser une chose, a-t-il ajouté, *lorsqu'on trouve un animal et qu'on le soigne, il ne peut plus s'appeler raton laveur ou porc-épic.* C'était une question pratique, à cause des papiers – il y avait une fiche à remplir pour chaque animal, et entre eux, les bénévoles préféraient demander *As-tu nourri M. Poilu ?* plutôt que d'utiliser de longues périphrases. Au quotidien, il fallait distinguer l'un et l'autre malade, une perdrix de sa cousine, deux écureuils à peu près jumeaux, une souris spécifique parmi la ribambelle de petits rongeurs.

Mais en plus, c'est une affaire, je dirais, personnelle, a poursuivi Dave. Au-delà de l'espèce, on apprenait à reconnaître le tempérament de chaque animal : était-il colérique ou triste, ou un peu maladroit ?

Au fil du temps, on découvrait leur personnalité, et plus on apprivoisait leur caractère unique, plus il devenait nécessaire de les nommer. J'ai tourné les yeux vers la chauve-souris qui dormait dans sa cage. Dave et Diane m'ont proposé de la baptiser : *C'est ton privilège, puisque c'est toi qui l'as recueillie.* J'ai réfléchi. *Titi ? — C'est un excellent nom*, a estimé Dave.

Titi dormait près de moi ; ses boutons luisaient sous la lampe.

Dave et Diane m'ont expliqué que, depuis tout le temps qu'ils patrouillaient avec le Réseau, ils n'avaient jamais rien vu de semblable à la mousse orange de l'étang. Ce n'était pas de l'écume, ai-je assuré, ni des bulles de savon, ni même une algue colorée. Ils se creusaient la tête devant moi, inquiets, tandis que je regrettais de plus en plus de ne pas avoir prélevé un échantillon. *Tu devrais voir nos labos !*, m'a dit Dave, soulignant leur excellence. Il était enthousiaste, parce que plus tôt dans l'été, un don important avait permis de rénover toutes les installations techniques. *On en a fait, du chemin !* Le Réseau avait commencé comme un passe-temps pour le Dr Denis, vétérinaire et ex-chercheur en pharmacologie animale. Celui-ci ramassait au départ les victimes de la route : des écureuils et des tamias rayés, qu'il remettait sur pied avant de les relâcher. Après, il s'est sérieusement lancé dans la réhabilitation, avec des oiseaux de proie et des grands mammifères. *Les gens venaient le voir avec des vieilles couleuvres ou n'importe quoi qu'ils trouvaient quasi mort !* Puis il a acheté une terre, bâti la Zoozone où sont soignés les animaux, mis sur pied une fondation et un réseau de bénévoles, et bricolé une jeep pour aller sur le terrain. *Mais il manquait un bon laboratoire. Maintenant c'est fait !* Toutes les installations restaient toutefois précaires, et la Zoozone, en particulier, n'avait jamais eu qu'une structure improvisée. *Il faut rénover ! On rénove tout le temps !*, a soupiré Diane.

Et tandis que Dave finissait son histoire, la jeep franchissait la haie derrière laquelle s'est révélé l'hôpital pour enfants malades. Des lanternes bleues et des lanternes vertes pendaient à des câbles entre le toit et la forêt, et faisaient luire la pierre grise du gros manoir. On avait accroché des rubans à la balustrade. Un saint-bernard gonflable jaune et caramel, aussi grand que les arbres, bougeait au gré du ventilateur qui lui agitait le corps. Diane a garé la jeep à proximité de ceux qui, sous les lampions, employés ou parents invités à la fête, achevaient de manger leur assiette de grillades. Il restait sur la table du ketchup, des oignons et un peu de moutarde. Sur le gril chauffaient les dernières saucisses.

Bienvenue à notre grande kermesse !, nous a lancé la directrice de l'hôpital, maquillée en panda. Et tandis qu'elle poursuivait la conversation avec Diane et Dave, je pensais à la nuit qui était belle, avec la rosée qui donnait au sol une odeur de salade, et au chant des enfants assis en cercle à quelques mètres de moi, leurs voix désordonnées se mêlant au cri-cri des grillons. Ça ne manquait pas de feux d'artifice : il y en avait. Ça ne manquait pas de jeux d'adresse non plus : quelqu'un avait sculpté des quilles finlandaises qu'on devait abattre en lançant un bâton, et d'autres s'envoyaient la balle juste pour s'amuser. Pendant ce temps, de l'autre côté du terrain, à l'orée du bois, la plupart des enfants glissaient ou grimpaient en se poursuivant, ou sautaient du haut d'une plateforme multicolore, dans la fantastique jungle d'activités dont l'hôpital s'était doté une semaine plus tôt.

C'était, sous les lanternes, près du bois, un vrai labyrinthe de passerelles aériennes avec des tubes et des ponts de corde reliant des plateaux. Au cœur de l'enchevêtrement, des tuyaux colorés d'un mètre de diamètre entraient dans des collines et ressortaient au pied d'une échelle ou directement sous un dôme de plastique. Comment entraient-ils à seize ou plus là-dedans ? Mystère. Le but était de rejoindre une tour percée de deux hublots, laquelle se dressait sur le sommet du dôme. Les enfants s'y entassaient pour jouer et pour contempler, de haut, les lieux familiers transformés par la fête ; puis ils s'accrochaient à une tyrolienne qui les entraînait plus profondément dans la forêt sans lumière. Que pouvait-on trouver encore, en suivant le chemin sous les arbres ? Un village suspendu, une catapulte et bien d'autres choses, m'expliquaient, en jouant à se pousser autour de moi, des enfants que j'avais interrogés. Le terrain de jeux se mélangeait à la forêt, semblait-il, et se terminait au bord d'une mare où quelques barils et des rames permettaient de poursuivre la route sur l'eau. Et plus loin encore, que découvrait-on : une rivière ou une île, ou une grotte dissimulée derrière une chute d'eau ? Il fallait s'équiper d'un gros couteau, insistaient les enfants, pour se défendre contre les animaux. *Attendez-moi un instant*, ai-je lancé, et j'ai couru vers Dave et Diane qui sortaient les tentes et les matelas pour aller dormir. Je monterais la mienne près de la leur, en revenant de ma promenade. *Oui, oui*, ont-ils fait en hochant la tête, et je suis parti rejoindre le groupe qui m'attendait.

Dans la cour arrière d'une institution de santé, on s'étonne de rencontrer dans sa forme achevée la nature, avec toutes ses brindilles, ses marais et ses roches gigantesques qui provoquent un sentiment d'éloignement total. Déjà, les chants des enfants semblaient provenir d'un autre monde. Dans le noir, je croyais reconnaître des bleuets durs et acides, mais agréables à mâcher, que je me suis attardé à cueillir. Puis les jeunes ont crié de les suivre. Je me laissais glisser sur des pentes caillouteuses, j'enjambais des troncs, tout en percevant, dans mon abdomen, une douleur sourde croître tranquillement. Le sol était humide. Peu à peu, le couvert forestier avait rendu obscure l'étendue que j'embrassais des yeux. Je ne distinguais plus qu'à moitié le groupe d'enfants qui me guidait, dont je guettais les sons – craquements de branches, voix, pierres qui roulent – pour me repérer, à la recherche du sentier servant de raccourci. Car je devais me rendre à l'évidence : je m'étais, depuis un temps, égaré ; aussi ai-je résolu de m'asseoir. Il y avait à mes pieds encore de ces bleuets qui poussaient près du sol – quoiqu'en les regardant d'un peu plus près, je devais bien admettre qu'il ne s'agissait d'aucune manière de bleuets ni d'une espèce apparentée. Étaient-ils d'ailleurs la cause de ces crampes particulièrement violentes qui achevaient de m'empoigner l'abdomen et me feraient bientôt gémir, plié en deux ? Autour de moi, rien ne bougeait et le chant des enfants paraissait si loin, il se répercutait sur des troncs ou des parois de roche – bref, à cause de l'écho, j'ignorais même la direction de l'hôpital. Tout ce qu'il me restait à faire était de m'étendre et de me flatter l'estomac en attendant un appel, des secours ou le soleil, en ne pensant à rien.

J'étais résolu. Seulement, plus tôt que prévu, sans doute informée par mes jeunes guides de l'endroit où je me trouvais, Diane m'a braqué sa lampe frontale en plein visage – sans poser de questions sur mon état – et m'a annoncé que l'on partait à l'instant. Un message envoyé par le Réseau les dépêchait à la rescousse d'une espèce menacée, une tortue des bois qu'un fermier de la région disait avoir secourue chez lui. Elle m'offrait de les suivre – j'ai bien sûr accepté, mais j'ai dû marcher plié sur tout le chemin du retour, embarquer dans la jeep et vroum. Que ce départ n'a rien eu de doux ! Je me sentais encore tout enveloppé par le soir merveilleux, les enfants et leurs jeux, mais ces maux de ventre, ce départ précipité avaient des allures d'urgence dans la nuit, comme un toit qui cède sous la pression d'un orage et qui déverse sur vous une chaudière d'eau glacée.

Mais c'est ainsi qu'il faut vivre, ai-je alors murmuré pour moi seul : en s'attendant au pire, même lorsqu'on se détend ! Les épreuves arrivent par surprise. À tout moment peut résonner une alarme. À l'heure actuelle, quelque part, un navire cale, un pont s'écroule, un feu de forêt s'approche d'un hameau. On vous appelle à l'aide : vite, levez-vous ! Votre corps se soulève, vos paupières se décollent. De combien de temps aurez-vous besoin pour passer du sommeil au combat ? Une minute ? Dix minutes ? Ou une seconde ? Si vous êtes un primitif dormant près du feu, une massue à portée de main, vous connaissez déjà la réponse. Vous ne disposez que du temps que prendra le fauve pour bondir sur vous depuis l'entrée de la grotte.

L'adversité survient à tout moment, certes, mais l'essentiel est de se tenir prêt. Si vous glissez rapidement de la rêverie vers l'action, vous serez tout à la fois, alternativement et en bonnes proportions, le Reposé et le Guerrier. Vous profiterez autant de la relâche que du défi, toujours en forme, mais toujours décontracté, prêt à jeter votre costume et à en prendre un autre : pyjama, peignoir, salopette, tablier – insouciant, peut-être, mais jamais pris au dépourvu. Tout cela ne demande que de bonnes dispositions mentales – et je constatais que j'avais en main l'aphorisme qui subsistait de cette expédition à l'hôpital pour enfants : *Tenez-vous prêt pour les réveils abrupts.* Comme convenu un peu plus tôt avec moi-même, j'ai inscrit cette idée dans un bloc-notes, en ajoutant devant celle-ci le chiffre 1.

Et c'est ainsi que se sont amorcées mes méditations.

2

Couché au fond de la jeep en mouvement, je regardais la nuit étoilée qu'encadraient les tubes, les tablettes et les tiroirs de la miniclinique. J'étais parvenu, coincé entre mon sac à dos et la cage où Titi respirait faiblement, à m'aménager un nid en m'enroulant dans une couverture, ma tente en paquet sous la tête. J'attendais que mes crampes passent après avoir trouvé, grâce à de nombreux tortillements, une position à peu près bénéfique, sorte de chien de fusil au dos arqué avec le visage tourné vers le ciel. Une heure sur une route trouée, à me plaindre à voix basse, en sueur ! En levant la tête, je n'apercevais que la morne succession des magasins : Centre du plancher, Carrefour Réno, puis de la forêt, des camionnettes sable à jantes d'aluminium, par les bois, allant toutes à la même vitesse. Il n'y avait rien de rigolo dans cette histoire et je me demandais si je voudrais longtemps, sur ce chemin impitoyable et métaphoriquement jonché de ronces, poursuivre de la sorte.

Plus de quinze heures auparavant, une tortue des bois s'était fait aspirer par de la machinerie agricole.

Ce n'était pas inhabituel : la tortue des bois vit au bord des rivières, mais elle s'éloigne périodiquement de son repaire pour traverser les champs et attraper au passage feuilles, tiges et insectes. Sa carapace plutôt brune et son cou taché d'orange se confondent avec le paysage en labours et, entrevue de haut rapidement, elle paraît n'être qu'une motte de terre mêlée de feuilles mortes. Il en périt donc chaque année des dizaines pendant les récoltes : elles finissent séchées, le corps ouvert, dans un champ (d'ailleurs, on considère que l'espèce est en danger). Mais parfois, un fermier repère l'animal. C'est ce qui s'était produit cette fois, et le fermier, Éric, avait contacté le Réseau d'urgence pour la faune.

Arrivés à la ferme, Dave et Diane ont offert à la tortue les premiers soins après avoir promptement réorganisé l'Unité mobile d'intervention faunique : tassé mon nid, dépliées les tablettes et les lampes, alignés les outils. Attablé avec Éric, sa femme et leurs deux filles, je me servais dans le pot de crème glacée déposé entre nous ; il était, selon la grosse horloge décorative où chaque heure correspondait à un fruit, déjà passé kiwi, et tandis que nous approchions d'ananas, Éric a peint en détail les évènements qui avaient mené au sauvetage de la tortue.

Il s'était levé, nous a-t-il expliqué, avant l'aurore pour compléter la cueillette des haricots (il lui restait à longer la rivière qui bordait l'extrémité de son champ). Dès les premières minutes de l'opération, quelque chose de dur s'est pris dans le convoyeur et il a râlé : *Encore une roche !* Une heure plus tard, comme il repassait à pied – sifflotant et se réjouissant du bon rendement de sa terre (*Quatre tonnes et demie l'hectare !*, etc.) –, sa botte a buté sur quelque chose de dur : une tortue privée de ses sens, séchant retournée dans un sillon. Il a couru vers son tracteur, attrapé un torchon propre et pressé la pauvre tortue contre sa poitrine. Ô le soleil, ô le ruisseau chantant qui changeait de couleur au jour levant, alors qu'Éric tenait contre lui le petit être blotti !

Car que ressent un homme bon quand il vient malgré lui de commettre un geste terrible ? Devant la victime de ses actes, l'homme bon se découvre bourreau. *Je suis*, est-il forcé d'admettre, *le tortionnaire de cet être fragile* et puisqu'une telle fonction lui est complètement étrangère, l'homme bon s'immobilise, perd ses moyens. Un tortionnaire d'expérience saurait comment rebondir sur la situation (en poursuivant les sévices), mais l'homme bon se sent désemparé et s'avère incapable d'agir tant qu'il ne réintègre pas sa fonction bienveillante.

C'est ainsi qu'Éric, portant la tortue mutilée, a d'abord pleuré son désarroi – *Que faire ? Elle va mourir par ma faute !* – jusqu'à ce qu'il fasse une autre lecture des évènements : *Je ne suis pas le bourreau de cette pauvre tortue. Cette machine est responsable ! Et toi, tortue, tu appelles ma main secourable !* Ainsi, en se déplaçant dans la chaîne bourreau-victime-héros jusqu'à la position qui correspondait à sa nature, Éric a retrouvé son élan. Prendre soin d'un animal : ça, il saurait le faire, et animé par cette nouvelle mission, il s'en est allé d'un bon pas jusqu'à son domicile.

La tortue avait le regard vide, une plaie qui saignait, des réflexes curieux.

Éric l'a d'abord déposée dans sa baignoire, avec un mélange d'espoir et d'inquiétude. Tant qu'elle vivait, il attendait, entrouvrant la porte (*Elle bouge !*), refermant la porte – une heure, deux heures. Fallait-il abréger ses souffrances ? Évidemment, Éric s'était posé la question et avait passé en revue les méthodes disponibles : l'écraser, lui couper la tête, la noyer (après vérification, ça se noie, une tortue). Mais à aucune de ces méthodes Éric ne pouvait se résoudre et il continuait de surveiller son état, tandis qu'elle survivait, mal en point, au fond de la baignoire.

Plus la journée avançait, plus le reptile devenait flasque et inerte, réagissant à peine lorsqu'une main s'approchait. La surface de sa peau prenait une teinte grisâtre. *Qu'est-ce que j'ai fait de cette pauvre tortue ?*, a pensé Éric, en songeant à quel point pouvaient être inconfortables l'acrylique blanc de la baignoire et la lumière puissante du néon au-dessus. Il l'a transportée au salon et l'a déposée sur un coussin brun (c'est-à-dire couleur terre, pour lui rappeler chez elle). Couchée là, elle sortait négligemment la tête de sa carapace, comme résolue à mourir, débarrassée de toute ambition de se défendre. Un nuage fétide se répandait tranquillement autour d'elle, présage manifeste de la mort.

Quand le soleil s'est couché, Éric s'est installé dans son fauteuil berçant d'où il pouvait observer en surplomb la tortue agoniser sur sa couche approximative et, dans la fatigue du jour qui s'achevait, la compassion l'a progressivement humecté jusqu'à ce qu'il atteigne un état ramolli. La tortue est un animal passif et vulnérable : combien d'espèces ont jusqu'ici disparu ? Quand on la retourne, elle reste coincée sur le dos ; on peut la manger, sa carapace sert de bol ; si cent d'entre elles s'accumulent, on peut marcher sur leurs carapaces, sauter de l'une à l'autre sans qu'elles réagissent. Aussi, devant la tortue amorphe à ses pieds, Éric s'est-il mis à se questionner : *Lui ai-je vraiment donné toutes les chances de survivre ? Et s'il restait encore une probabilité qu'elle s'en tire ? Et si, plutôt que de se terminer dans mon salon, sa vie y prenait une tournure nouvelle ? Au sortir de cette mésaventure, elle aborderait peut-être l'avenir avec un surplus d'aplomb, oserait l'installation dans des habitats inconnus, pourchasserait les insectes avec une obstination redoublée et, remplie de cette attitude enhardie, attirerait les meilleurs partenaires pour se reproduire : cet accident lui ouvrirait peut-être de nouvelles avenues ?* Et après avoir repensé à la situation sous cet angle positif et trouvé, pour sauver la tortue, une puissante motivation, Éric avait multiplié les recherches jusqu'à tard dans la soirée et découvert le numéro du Réseau d'urgence pour la faune.

L'Unité mobile d'intervention faunique avait foncé à travers les routes secondaires, sautant d'une bosse à l'autre, d'un trou dans l'asphalte à l'autre.

Et tout au long du voyage, recroquevillé à l'arrière de la jeep, j'avais poussé des gémissements, en leur donnant d'abord des inflexions dramatiques et en y ajoutant des grognements, puis en les restreignant à de courts râles et à des soupirs d'impatience, atteignant de la sorte un registre de plus en plus discret, de plus en plus calme. Quand la jeep s'était stationnée devant la demeure d'Éric et que je m'étais extrait de mon nid de couverture, j'avais pensé que tout irait mieux : nous allions sauver une tortue, mes crampes s'étaient à peu près dissipées, et même si le chemin jusqu'à cette maison de ferme sans lumière m'avait paru insupportable, je me félicitais maintenant d'y être parvenu, car il allait s'y accomplir quelque chose de bien.

Il a fallu sonner quatre fois ; Éric nous a ouvert tout fripé : *Désolé, je m'étais endormi !*

Il nous a guidés jusqu'au salon et, dans l'obscurité, nous nous sommes immobilisés pendant qu'il cherchait à tâtons l'interrupteur. Quand la lampe s'est allumée, elle a révélé un coussin recouvert d'une croûte de sécrétions séchées – mais aucune tortue. Elle semblait, avec les maigres forces qu'il lui restait et peut-être motivée par une envie de mourir ailleurs, avoir réussi à quitter le salon. Est-ce qu'une porte mal fermée avait pu servir d'issue ? Ou un trou mener au sous-sol ? Avait-elle pu grimper l'escalier, entrer dans les chambres, nicher dans un placard ? *Regardons d'abord sous les meubles*, a suggéré Diane. Moi, je suis passé à la cuisine, où j'ai ouvert les armoires au cas où. Éric, au salon, se confondait en excuses.

Après un moment, il est monté alerter sa famille : toutes les lampes se sont allumées ; nos yeux ont percé les recoins ; nos bras ont soulevé les meubles ; sous tous les tapis, nous avons promené une main inquisitrice. Enfin, en inspectant l'atelier, Diane a vu que la porte menant vers l'extérieur bâillait : *Par ici !* Là, le parcours de la tortue se révélait à nous, aussi net que s'il avait été tracé dans la neige : après s'être éveillée dans son enclos, elle avait zigzagué dans la cuisine, entre le balai et l'amoncellement de sacs réutilisables, trouvé l'ouverture menant à la salle de lavage et, par là, atteint la porte de l'atelier d'Éric, portail vers la nature qui dehors s'étendait. Ainsi sous l'auto familiale, à vingt mètres de la porte, elle est apparue, la tortue, sous la lumière de nos lampes de poche.

Dave et Diane l'ont promptement transportée vers la jeep où ils l'ont aussitôt placée sur la table d'examen. Pendant ce temps, la famille d'Éric et moi, superflus, debout en pleine nuit, allègres et ne pouvant nous recoucher, avons partagé une généreuse collation. J'ai écouté attentivement le récit d'Éric puis, non sans avoir raconté auparavant la découverte que j'avais faite moi-même dans l'après-midi d'une chauve-souris, je les ai invités à poursuivre la collation dehors, en observant le travail avancer.

La tortue s'était fait administrer un antibiotique ainsi que des antidouleurs pour le voyage et, au moment où nous arrivions, Dave l'insérait prudemment dans sa cage. J'ai proposé mon aide, mais l'intervention très simple s'achevait et on se préparait à partir. *Vous viendrez lui rendre visite*, a insisté Dave en serrant la main à tout le monde. *Bien sûr !*

Mais comment la retrouvera-t-on ?, s'est interrogée l'aînée des filles. La tortue avait-elle un nom ? Il revenait normalement à Éric de procéder au baptême, mais celui-ci a voulu partager ce privilège avec nous, si bien que notre petit groupe en entier s'est rassemblé à côté de la jeep, marmonnant et plongeant le regard dans le ciel. Enfin, Dave s'est prononcé. *C'est la marche, je pense, qu'il faut souligner dans le nom, la distance que cette tortue a parcourue. Pourquoi ne pas l'appeler, Promeneuse ou Pèlerine, Piétonne, Joggeuse, Excursionniste ?* — *Non*, a tranché Diane, *je l'appellerais Randonneuse.*

Nous restions silencieux, attendant qu'elle s'explique. *Oui, Randonneuse. Et d'aucune manière Excursionniste.* Dave trouvait la distinction curieuse : ces deux mots signifiaient « se déplacer pour son loisir » et s'il y avait entre eux une nuance, elle était infime – *quoique Randonneuse fasse un plus joli nom*, a-t-il ajouté en s'approchant de la bête, laquelle, sous l'effet d'un sédatif léger s'apaisait, après le stress de son expérience. *Infime*, s'est surprise Diane, *mais pas du tout !* La randonnée, a-t-elle expliqué, renvoie à un parcours déterminé : c'est un terme de trekking. L'excursion, en revanche, *c'est une aventure sans plan, de l'exploration !* La tortue, selon Diane, ne jouait pas volontiers au coureur des bois. Préférablement, elle empruntait celui tracé d'avance, son chemin habituel : c'était sa randonnée. Excursionniste, elle l'était devenue de force, à cause d'une épreuve. Par essence, elle était Randonneuse.

Et nous dirigeant quelques minutes plus tard vers les installations du Réseau pour y laisser les bêtes, je ne dormais toujours pas à l'arrière de la jeep, même si mes crampes avaient cessé. Randonneuse, qui voyageait sous anesthésie dans sa cage, m'inspirait quelques réflexions.

Dans son histoire, un principe universel de vie se dessinait : les peines deviennent aisément le piquant d'un trajet, si on les considère sous l'angle récréatif.

Vous échouez sur une île déserte, par exemple : vous devez vous bâtir un abri, cueillir vos fruits, chasser les oiseaux indigènes. Vous pouvez hurler votre désolation. Mais à l'inverse, vous pouvez également vous demander si ce n'étaient pas précisément les vacances dont vous rêviez.

Même chose lorsqu'une tempête arrache votre maison : on vous reloge temporairement dans un hôtel ou chez un membre de votre famille et vous rompez un moment avec la routine, le temps que l'équipe de nettoyage rassemble vos biens éparpillés par le vent. Ou alors une éruption volcanique détourne votre avion, vous atterrissez dans la jungle, une tribu nomade vous retrouve. Y avait-il une meilleure occasion de faire sa connaissance ?

Au moment de traverser les bosquets d'épines et de fuir devant les nuées de guêpes – bref, face aux embûches et aux infortunes –, il importe d'adopter la bonne appellation. Quel terme employer ? Dois-je nommer *souffrances* ce qu'un autre appellerait *petits pincements, surprenantes excitations* ou *rudesses du monde parmi les jours faciles* ? On peut toujours imaginer une personne qui adorerait traverser à notre place les épreuves qui jalonnent notre chemin, pour goûter au défi ou se changer les idées. Devant ce que j'appelle *misère*, un autre s'exclame *camping !* Comment dire ? Tout dépend du nom.

Et c'est ce que j'ai décidé de traduire dans un deuxième aphorisme – à la formulation exacte duquel je songeais en fouillant à deux mains dans mon sac. Quand j'ai eu trouvé mon calepin, je me suis arrêté sur ces quelques mots simples : *Si la randonnée devient une épreuve, faites-en une excursion.* Je les y ai inscrits et, quelques instants plus tard, je me suis endormi.

3

Est-il possible de mieux voir à l'œuvre l'Homme que pendant ses semaines de désœuvrement programmé, passées en sûreté dans un lieu idyllique ? Une faible brise secoue sa frange de cheveux, vingt-quatre degrés Celsius sur le balcon de sa chambre couleur crème immaculée, il ne porte rien sauf un pyjama de soie. La vie amenée à ébullition ; on laisse s'évaporer tout ce qui est effort, fonction et autres entreprises de dépassement, et on ne garde que ce qui reste : les vacances, le substrat de la vie débarrassée de ses occupations. L'existence n'est alors plus qu'une délicate poussière emportée dans l'air paresseux, au bord de la fenêtre, sous les rayons dorés de l'après-midi : ça monte, ça descend, ça se retourne sans raison. Et c'est de toute évidence dans cet état de flottement, pure évasion de rien vers rien, que s'apprécie l'âme, l'identité unique de quelqu'un, son essence. Ses vacances donnent à l'Homme la chance d'être lui-même. Dans une atmosphère de pure frivolité, il respire le parfum de sa liberté.

Quelques jours après la découverte de Titi et le sauvetage de Randonneuse, j'habitais avec les bénévoles du Réseau d'urgence pour la faune. Cela s'était décidé par hasard. Nous étions revenus de chez le fermier Éric à plus de deux heures du matin et il avait fallu transférer les animaux hors de la jeep. On m'avait envoyé dans une chambre avec un verre d'eau minérale et un cachet pour que passent mes troubles digestifs et le lendemain, à midi, je m'étais réveillé dans une pièce claire aux tentures fleuries. Une chaise et une commode flanquaient le lit étroit ; je reposais sous une courtepointe épaisse ; à ma gauche tictaquait un vieux réveil. Cet endroit ne manquait ni de charme ni de confort, et je m'étais dit à moi-même *restons-y un certain temps*, tandis que je m'habillais et que je descendais à la découverte des lieux.

Les gens du Réseau d'urgence pour la faune appelaient cet endroit le Refuge. Il s'agissait d'une sorte de gros complexe comprenant une vaste clinique vétérinaire, un centre d'interprétation, une cantine et des chambres pouvant accueillir seize bénévoles. Randonneuse et Titi logeaient dans la Zoozone, aux côtés de Rowtag, un harfang des neiges à l'article de la mort, de l'ours noir M. Poilu, de deux jeunes balbuzards, Flocon et Tonnerre, de deux ratons laveurs, de trois chevreuils nés en captivité et d'Awanatu, un grand corbeau apprivoisé (sans compter un assortiment d'écureuils, de grives, de gélinottes, de mésanges et de marmottes blessés). Les animaux vivaient seuls, par paires ou plus nombreux parfois, dans des cages de tailles variables ou des vivariums en plexiglas (à l'exception des chevreuils à qui l'on avait fabriqué un enclos) et toutes ces cages s'accumulaient de manière un peu désordonnée dans le bâtiment. La Zoozone n'était en fait qu'une grange que les bénévoles du Réseau avaient peu à peu reconvertie, en y greffant des portes et des annexes, puis en retirant tout le mur sud, question d'aérer. Plusieurs cages se trouvaient à moitié sous le toit de la Zoozone, que soutenaient d'ailleurs tant bien que mal trois poutres qu'on avait ajoutées sur le tard. *Ça tient*, disait toujours Diane en donnant une tape sur la structure, non sans laisser percevoir un peu d'incertitude dans sa voix.

Outre la grange, d'autres traces rappelaient que le Refuge avait été une ferme : de la vieille machinerie et une auge en bois pourrissaient dans l'herbe, à côté d'un silo rouillé, derrière la Zoozone. Sur les terres agricoles en friche, une jeune forêt poussait non sans difficulté parmi les plantes envahissantes : nouveau paysage. Il restait à afficher les noms d'essences sur les arbres pour compléter l'aménagement d'un sentier d'initiation à la nature.

Les jours passaient, parfois occupés et parfois tranquilles, au Refuge où je m'étais installé. Je m'habituais au rythme des activités : déjeuner à sept heures, puis ménage des chambres, transmission des appels signalant un animal – couleuvre sur la pelouse, renard mordu par un chien sans laisse, œufs apparemment orphelins dans un nid tombé –, bref, tout ce que les gens découvraient dans leurs balades et qui leur semblait vulnérable. Le plus souvent, j'accompagnais Dave et Diane dans l'Unité mobile. Ils pouvaient parcourir les routes pendant de longues heures, sans cesser de répondre aux appels et de recueillir les animaux. Moi, je m'asseyais à l'arrière de la jeep et je regardais dehors, tout en offrant ponctuellement un coup de main, quand la situation l'exigeait. J'avais convenu avec eux de les accompagner dans leurs expéditions quotidiennes et de passer de cette manière le reste de mes vacances.

Au Refuge, on finalisait les préparatifs pour la collecte de fonds annuelle du Réseau. Quelques personnalités connues avaient confirmé leur présence, mais c'étaient surtout les membres et amis qui allaient remplir la salle, excités et prêts pour les plaisirs du souper dansant. Et il fallait se démener pour que la fête soit prête ! Dans la Zoozone, les cages devaient reluire après un nettoyage soigneux et s'enjoliver de quelques rubans de couleurs. Des plantes en pots normalement disposées dehors iraient combler l'espace entre les volières et les vivariums tandis que des bancs massifs construits en bois rond permettraient aux invités de s'asseoir en groupe pour guetter en silence les rares gestes du harfang Rowtag. La fête se tiendrait entre le hall de la clinique et le salon, un étage plus haut. La décoration de celui-ci avait été repensée afin de reproduire une chaumière des premiers colons : le bal avait pour thème « les coureurs des bois ». Les invités devraient porter des vêtements rustiques et s'adonner aux danses de l'époque ; on fournirait à tous nos convives un chapeau de Daniel Boone imitation castor. Tout ce qu'on trouverait d'amérindien – bibelots, outils, bijoux – serait déposé au centre de la table qui traversait le salon. Les parents pourraient laisser les plus jeunes à la cantine, où les attendraient les animateurs du Refuge.

Organiser l'évènement demandait un temps fou, surtout au Dr Denis, qui insistait pour superviser lui-même chaque aspect des préparatifs. Il passait ses journées enfermé – au surplus, débordé par les questions des bénévoles, les appels téléphoniques et les visites de routine à la Zoozone. Aussi n'avions-nous été encore que brièvement présentés, et je me suis senti à la fois curieux et plutôt privilégié lorsque, par Dave, il a demandé à me voir.

À contre-jour dans son bureau lumineux, il ressemblait à un chimpanzé en chemise oxford et sarrau, voûté sur sa table de travail – un chimpanzé imberbe, je précise, à l'exception d'une mèche duveteuse sur son crâne chauve. *Asseyez-vous*, a-t-il fait sans me regarder, puis il s'est retourné et m'a en quelques mots exposé le casse-tête.

Depuis que j'avais apporté Titi au Réseau, trois cas similaires de poussée de boutons s'étaient ajoutés : un écureuil, d'abord, puis deux mésanges retrouvées à plusieurs kilomètres d'écart. Tous trois souffraient exactement des mêmes symptômes. Sous les plumes ou au travers du pelage, se présentaient à distance régulière des boutons blanc jaunâtre, grosseur grain de caviar. La fièvre, les yeux vitreux, le pouls faible et l'appétit restreint achevaient de rendre la situation alarmante. De l'avis du docteur, toutes les hypothèses méritaient d'être considérées : présence d'un parasite, infection, pollution diffuse. Il pouvait s'agir d'un médicament, d'une bactérie ou d'un pesticide utilisé par les agriculteurs – il n'en avait pas la moindre idée. Mais il allait falloir y réfléchir sérieusement, car ce matin même, un bénévole avait trouvé l'une des mésanges et l'écureuil sans vie, ce qui laissait présager le pire. *Une épidémie mortelle ?*, ai-je demandé. *Pas nécessairement.* Le docteur gardait son calme. Y avait-il entre l'apparition d'acné et ces morts subites le moindre lien ? Rien de moins sûr. Mais à court terme, précisait-il, il importait de réunir des observations et de recueillir des données sur ce fléau éventuel. Aussi, pouvais-je exposer par écrit les circonstances exactes de la découverte de Titi ? J'ai acquiescé. *Trois pages*, a-t-il fait, mimant le chiffre avec ses doigts, puis il s'est levé.

Et alors que nous marchions vers la porte, il s'est immobilisé un instant et a pris un air songeur. *Vous connaissez sûrement le ruisseau Gérard ?*, a-t-il demandé en me touchant l'épaule. Je croyais bien y être passé une fois. *Alors que pensez-vous de cela ?* Il m'a sorti un papier évoquant des taux de concentration élevés de microbes et d'autres micro-organismes, une sorte d'algue rare proliférant à un rythme inconnu et un mélange d'hydrocarbures tout à fait anormal. *Ce sont les résultats d'une station d'analyse opérée par les gens du ministère.* Il ne savait trop quoi en penser, pas plus que moi d'ailleurs. Mais nous convenions tous deux sans difficulté que le ruisseau Gérard étant à proximité du lieu précis où j'avais trouvé Titi, une visite s'imposait. *Vous pourriez y aller*, a-t-il fait, avant de sourire, révélant de grosses dents toutes de guingois et superposées. *Et autre chose, je compte sur vous pour notre petite fête de ce soir.* J'ai acquiescé tandis qu'il refermait la porte.

Trois pages : je m'imaginais expédier ça en un rien de temps. Il y avait de quoi écrire dans ma chambre et, assis sur mon lit, un livre cartonné placé sur mes genoux, j'ai commencé une liste de mes observations.

Mais après avoir décrit en deux phrases la mousse et Titi, je ne savais plus quoi ajouter et ma pensée s'est complètement détachée de ma tâche, a considéré d'abord les objets près de moi, puis est sortie de la pièce pour se balader à la recherche d'un endroit tranquille que personne ne fréquentait – sous un saule, par exemple, ou sur une vieille souche moussue. Inconsciemment, j'ai dû laisser derrière moi feuilles et crayons et suivre mes pensées dans leur vagabondage, car un instant plus tard je me trouvais couché à l'ombre dans un recoin particulièrement calme et moelleux. Un barbotement ? J'ai levé les yeux. C'étaient les trois chevreuils de l'enclos qui fraternisaient à quelques pas dans le ruisseau : l'un secouait la tête, les deux autres secouaient la tête. Longtemps, je les ai regardés.

Puis j'ai repensé au ruisseau Gérard. Je devais admettre que cette expédition me travaillait sérieusement.

Pourquoi ne pas y aller maintenant ? Il faisait beau. Du matériel de camping, je savais où en trouver, de même que des provisions, comme des noix et des plats déshydratés. Mais surtout dans le hangar, près de la jeep, j'avais repéré trois quads étincelants, le réservoir plein. Ils semblaient conçus pour ce genre d'expédition, avec leur solide châssis carré, leur grosse valise et leur siège rebondi. On pouvait atteindre quoi, quelque 90 km/h là-dessus ? Je serais au ruisseau en moins de deux heures. Aussi, comment renoncer à l'aventure qui s'offrait à moi ?

J'étais comme au bord d'un lac avec l'envie de plonger du haut de la falaise.

Parce que l'aventure, pourrait-on résumer, consiste à faire un bond dans l'inconnu – s'élancer à toute vitesse, entrer dans des éléments troubles, se faire aspirer par la nouveauté. Par exemple, des branches s'entrouvrent ; on quitte la lisière du bois ; on glisse dans la forêt ; on disparaît. Et après avoir bondi, pas question de revenir ; on n'interrompt pas ce saut, on ne regrimpe pas du fond de ce précipice. On doit dès lors s'adapter à ce milieu non balisé et se laisser porter par et lutter contre de nouvelles circonstances.

On trouve du bois, on fait un feu. Le feu s'éteint, on reprend la route.

Et ainsi, à force de traverser des rivières glacées et d'avoir le visage maintes fois meurtri par les branches, on se reforme et l'on devient quelqu'un d'autre. On bifurque. Car qui sommes-nous, sinon l'accumulation de ce qui nous advient ? En fonction de l'environnement, le corps se transforme, il s'allonge ou s'épaissit, ou s'assouplit, ou se tonifie. La vue s'accoutume à l'obscurité et aux lumières éblouissantes des flammes. Les réflexes s'aiguisent ou, à l'inverse, s'émoussent selon la mixture dans laquelle on les trempe. Bref, l'environnement agit comme une série de processus chimiques : émulsion, déshydratation, oxydation, etc. Celui qui part à l'aventure, on le connaît. Mais qui est celui qui en revient ?

Ma promenade à travers le Refuge s'est poursuivie jusqu'à la Zoozone où, je le supposais, s'activaient déjà les bénévoles. Hélas, je devais reporter à un autre jour mon expédition, puisque le Dr Denis comptait sur moi pour aider aux préparatifs. Et il restait tant de choses à faire ! En entrant dans la Zoozone, j'ai constaté qu'une épaisse couche de poussière recouvrait les cages et qu'il se dégageait de la section des mammifères une odeur de fumier. Le paquet de rubans à nouer gisait encore dans son sac. Mais que faisait tout le monde ? Un bénévole déambulait au milieu des animaux, s'arrêtant devant l'un et l'autre pour lui murmurer quelques mots. Un autre s'était installé devant M. Poilu, à qui il caressait la patte.

Dehors, cinq bénévoles enfourchaient des vélos. Pour aller où ? *Au lac Normand*, ont-ils répondu, en montrant leur maillot de bain. Le temps leur semblait propice et l'eau, à ce qu'on disait, avait atteint une température agréable. Mais ne devaient-ils pas nettoyer la Zoozone d'abord ? *Oh !*, ont-ils fait et, comme s'ils s'étaient concertés, ont secoué la tête en même temps et donné un bon coup de pédale qui les a emportés hors de ma vue.

Je ne savais trop quoi penser de l'attitude des bénévoles et tandis que je ruminais mentalement cette scène, mes pas m'ont entraîné dans un sentier peu entretenu du Refuge, bordé de fleurs odorantes et d'arbustes arrondis. Le sentier menait à une aire de détente où j'ai trouvé Dave et Diane. Ils se reposaient dans des hamacs de chanvre ; lui, lisant absorbé un thriller intitulé *Zodiac*, elle, siestant les bras repliés sur le visage. Tous deux s'étaient retirés un moment pour prendre le soleil, disaient-ils, et pour chasser la fatigue en prévision de la fête.

Mais qu'est-ce qui te tracasse comme ça ?, m'ont-ils demandé (ils avaient dû lire dans mon regard). Je leur ai expliqué que j'avais conçu, à la suggestion du Dr Denis, le plan de visiter le ruisseau Gérard à bord d'un quad, mais qu'en raison de la fête, je devais y renoncer pour l'instant. Diane et Dave ont fait des grimaces étonnées. *Mais tu t'inquiètes pour rien !* Ils m'ont invité à m'asseoir et à les écouter un instant.

Les fêtes servent à s'amuser, me rappelaient-ils. Or, si cet amusement ne me convenait pas, je devais en adopter un autre. Chacun a, pour se divertir, des chemins qui lui sont propres : peut-être, comme le croyait Dave, en raison de notre nature profonde, à laquelle nous n'avons qu'indirectement accès, mais qui guide en toutes choses notre instinct – et d'ajouter *comme l'instinct de reproduction* en faisant de gros yeux comiques et en étirant son cou mince et flexible – ou peut-être simplement, comme le croyait Diane, parce que, par contraste, ce sont des plaisirs distincts que nos quotidiens appellent (le rat des villes change d'humeur à la campagne, le rat des champs va le week-end au cinéma : puissent ces deux-là ne pas se croiser, l'un ferait à l'autre la morale sur la meilleure façon de se détendre !). Ainsi, quand il s'agissait de se divertir, chacun devait tendre l'oreille à ses prédispositions. L'important était de ne jamais les contredire et surtout, insistaient-ils, de ne pas forcer les autres à adopter les siennes. Bref, si je préférais m'en aller, que je le fasse, et la fête se passerait de moi.

Je pensais en allant, requinqué et sifflant, en direction du hangar pour choisir un quad et y ranger ma tente et mon sac à provisions, au sens que pouvait prendre cette dernière discussion et je me suis arrêté pour sortir de ma poche mon calepin de même qu'un stylo-bille. Innombrables sont les ruses, me suis-je dit à voix basse, qui nous permettent d'oublier momentanément le monde qui nous entoure. Car ne sommes-nous pas tous, un jour ou l'autre, un peu lassés par le monde qui nous entoure ? Nous trempons 99 % du temps dans les fruits un peu ramollis de notre jardin intérieur, à cueillir les fruits, à manger les fruits. Nous habitons dans des logements dont l'air, le sol et le reste sont saturés de peaux mortes – les nôtres – que dévorent des acariens parfaitement adaptés aux qualités de notre épiderme. Et des insectes se regroupent autour des acariens et les dévorent, puis se font dévorer à leur tour par des oiseaux qui, directement ou indirectement, trouvent leur chemin jusque dans notre assiette. Et cette roue tourne sans interruption ! Alors, quoi de plus normal que de vouloir, de temps à autre, s'extirper de cet environnement immédiat pour s'égarer dans un endroit lointain ? Mais au moment de choisir le lieu et les modalités de son évasion, chacun doit suivre ses prédispositions – surtout, ne jamais imposer aux autres sa manière de fuir ! – voilà qui me semblait particulièrement sage. Et j'ai démarré, enthousiaste, le moteur du quad.

4

On est d'abord réticent, puis inquiet, à l'affût, lorsqu'on conduit pour la première fois un quad sur des chemins qui serpentent. Il faut se pencher quand survient une branche, incliner son corps quand on vire, s'agripper en anticipant les bosses. Puis s'offre à nous un fugitif moment de route droite sans trou ni obstacle. Là, c'est la vitesse. On s'habitue au niveau plus élevé de vrombissements : ils nous enveloppent, notre corps arqué fixe un point au loin tandis qu'autour tout devient flou. Notre cerveau évacue toute pensée autre que l'analyse du mouvement et l'anticipation de la route et l'on devient exceptionnellement calme. Quand il faut reprendre les courbes dans la forêt touffue, on glisse alors avec confiance, bercé par le véhicule qui balance. On se croirait sur un toboggan tellement réfléchir est devenu superflu et que la route nous aspire. Mais bientôt, la fatigue s'installe : la main sur l'accélérateur se raidit et les yeux ne voient plus rien que des formes troubles. Alors on s'arrête, on coupe le moteur et on descend.

Il faut quelques instants de silence et d'immobilité avant que le monde se remanifeste : bruissent les feuilles d'un arbre, pépie l'oiseau numéro un, l'oiseau numéro deux enchaîne, on est de retour dans la forêt normale. Mais où exactement ? Je me posais la question, émergeant progressivement de mon état de pilote, consultant après l'avoir sortie de ma poche une carte routière pour trouver le chemin que j'avais emprunté. Très bien, me suis-je dit, constatant sur la carte que c'était bien le ruisseau Gérard qui coulait devant. Il était peu profond, d'eau disons turbide et ponctuée de roches massives qui créaient des poches, des enclaves d'eau stagnante. Là, recherchant la lumière, une microfaune aquatique pullulait, attirant quelques poissons vilains et immangeables, genre barbottes et crapets, dont certains spécimens agonisaient non loin, faisant régner leur odeur caractéristique. Pas de cette mousse orange que j'avais observée quelques jours plus tôt dans un champ mais, à la place, de multiples détritus. Retenue par une branche, flottait une veste bleue et, plus loin, un emballage de graines de tournesol dansait dans le courant, coincé entre les algues.

Plus je remontais, sautant d'une roche à l'autre, m'accrochant à un tronc afin de ne pas perdre pied sur les rives boueuses, plus les pistes s'accumulaient : on voyait de part et d'autre un sentier – des pas, une branche rompue, une usure de l'herbe ; là où la rivière rétrécissait : un passage à gué. Apparaissaient des jouets oubliés sur une roche, un tuba, un fusil à eau, des autos miniatures. Les excréments de chiens devenaient aussi plus fréquents. On aurait pu dire : des gens campent, ils sont malpropres. Mais à cet endroit, sans route et sans attrait, impossible que de manière récurrente se rendent un ou plusieurs groupes de gens. Un camp de vacances ? Une troupe scoute qui organisait, à partir d'un site non loin, des rallyes, des jeux de piste ? Aucune de ces explications ne collait vraiment et je m'interrogeais toujours lorsque m'est apparue, accrochée sur les berges, surplombant le ruisseau, une maisonnette visiblement habitée (du linge séchait sur la corde).

Personne, pour l'instant, dans les environs.

C'était un abri rudimentaire : quelques feuilles de contreplaqué peintes de diverses couleurs, clouées ensemble ; les ouvertures se résumaient à une porte entrebâillée au sommet de trois marches et à une fenêtre. Pas de latrines en vue. Une réserve d'eau stagnait à l'ombre, près d'une chaise, sous une bâche bleue.

Au premier craquement qui annonçait le retour du maître des lieux, j'ai reculé jusqu'à la rivière, prêt à m'enfuir – précaution tout à fait inutile : l'ermite, l'habitant de cet antre, m'a salué en m'apercevant et, ni surpris ni fâché, s'est assis et a entamé sans rien dire le bol de framboises qu'il venait de se cueillir. Je suis donc allé m'asseoir près de lui. J'observais ses longs doigts bruns plonger dans le bol et envoyer une à une, à l'aide d'une pichenette approximative, les framboises dans sa bouche. La plupart des fruits rebondissaient sur les poils fins de sa barbe et finissaient au sol, dans la poussière.

Les framboises terminées, il a ramassé par terre une feuille d'arbre et y a roulé des morceaux de fougère sèche qui sentaient un peu le plastique en brûlant. *Non merci*, ai-je répété plusieurs fois, alors qu'il me tendait sa grosse bidi, mais il insistait au point où j'ai dû accepter d'en tirer quelques bouffées. En fumant, il s'est mis à parler et de ses paroles, voici ce que j'ai pu deviner.

Seul depuis un temps indéterminé, il poursuivait une quête personnelle d'insouciance. Le projet avançait bien. Devenu sale, progressivement un peu malade, endormi la moitié du jour, l'autre moitié consacrée au soutien minimal des fonctions vitales, il vivait de plus en plus indifférent à son habitat. Au départ, il s'était apporté une grande quantité de boissons énergétiques, mais tout avait été bu dans une frénésie initiale, en coupant du bois et en pêchant. *Maintenant, il ne me reste même plus de bonbons*, a-t-il ajouté, et je l'ai visiblement déçu quand j'ai répondu n'avoir sur moi aucune source de sucre.

Je me suis mis à expliquer le but de ma visite. *Depuis quelques jours*, ai-je commencé, pendant qu'il se roulait une autre dose de son puissant tabac sauvage, *certains animaux de la région sont atteints d'un mal étrange.* J'ai décrit les symptômes – fièvre, faiblesse et surtout boutons blancs sur la peau – et ajouté que, dans certains cas, la maladie débouchait sur la mort. Ça ne lui disait rien. *Je ne mange pas de viande*, observa-t-il, *je trouve ça trop compliqué.* Il s'alimentait surtout de fruits et de racines. Je le regardais circuler, tout maigre, autour de sa maisonnette, laver du panais sauvage, contempler entre ses doigts les taches brunes et vertes laissées par sa bidi. Il répondait d'un ton impatient aux cris que faisaient les écureuils, l'air de dire *ça va, on vous a assez entendus*, puis il enfonçait sa tête dans la maisonnette d'où il sortait un vin de bouleau ou une compote de quenouille pour que j'y goûte.

Il m'apparaissait de plus en plus improbable que ce mangeur de racines bouillies ait lui-même, le long de la rivière, répandu des déchets et laissé les traces que j'avais observées.

Qui d'autre fréquentait le coin ? Il m'a fait un signe agacé avec la main, vers la forêt : *Il y a les autres*. Il voulait dire son ancienne bande qui vivait en haut de la pente, *le village de Roberta.*

L'ermite s'était lui-même exilé d'un groupe d'exilés : une dizaine de familles qui voulaient préserver leur esprit des influences sociales négatives s'étaient installées au milieu de la forêt, sans eau ni électricité. L'ermite avait fait partie des fondateurs de la communauté, dont il avait rapidement habité les franges, puis il s'en était éloigné de plus en plus, jusqu'à rompre entièrement les liens qui subsistaient. Parfois, ses anciens camarades lui lançaient un caillou sur lequel ils avaient attaché un message pour l'inviter à prendre part aux corvées : il les ignorait. L'ermite avait conclu que Roberta et son camp l'épuisaient et qu'il valait mieux fuir la compagnie de ses habitants : il se cachait à leur arrivée en grimpant dans les arbres ou en s'étendant sous les buissons. Mais leur village se trouvait tout près, il suffisait pour s'y rendre de gravir une pente et de suivre pendant quelques minutes le sentier au sommet du talus. J'ai remercié l'ermite, pris le chemin qu'il m'avait indiqué et rapidement aperçu à travers le feuillage quelques cabanes et la fumée des feux de camp allumés. Puis, après que j'ai escaladé un monticule, le village au complet s'est révélé en contrebas.

Celui-ci consistait en une cinquantaine d'habitations de briques, de bois, de feuilles de contreplaqué et de plastique ondulé. Pour y accéder, on devait grimper sur un chemin de terre battue creusé par l'érosion, qui avait mis à nu les racines et les roches. Une place ponctuée de tables à pique-nique occupait le centre du village, un vieux camping-car servait de salle commune. Certains bêchaient leur jardinet ; trois enfants se poursuivaient en sous-vêtements, à la course ; deux jeunes hommes tiraient un chariot rempli de terre, suivis de deux autres, chargés de paniers. Et même s'il flottait une épaisse odeur d'urine et de restes de repas en décomposition et même si partout dormaient des chiens faméliques, le campement évoquait l'idylle dans les bois : autosuffisance quotidienne à distance de marche, absence de faux problèmes, dénuement à l'effet tonique.

Roberta, qui donnait son nom au village, m'a interpellé. *Venez par ici, vous*, a-t-elle fait, du haut d'une souche. Nous avons échangé les présentations d'usage et, avant que j'aie pu préciser ce qui m'amenait chez elle, elle s'est mise à dépeindre le quotidien de ses gens, à relater l'installation du camp et les empêchements qu'ils subissaient : plaintes des citoyens de la région, police qui débarquait la nuit. *Pourtant, ici, tout le monde fait un effort*, se défendait-elle, alors que nous croisions deux hommes clouant des planches par-dessus un ruisseau pour fabriquer un pont. *C'est une vie difficile, mais comment faire autrement quand la soi-disant civilisation nous empoisonne ? Les gens sont de plus en plus malades et fatigués, ils travaillent sans savoir pourquoi.* Je hochais la tête, moitié par politesse, moitié par intérêt réel. Quand est arrivé mon tour d'expliquer ce qui motivait ma visite, j'ai tout raconté, un peu dans le désordre : le Réseau, Titi, Randonneuse, les cas d'acné et l'eau du ruisseau Gérard. Roberta se montrait peu surprise : c'était bien pour cela – la déliquescence physique causée par la société – qu'ils s'étaient retirés en marge, avec la nature.

On pourrait croire pourtant que votre campement, ai-je avancé sur le ton de l'hypothèse, *contribuerait à polluer, en raison de ses déchets. — Hum*, a-t-elle fait, l'air de dire *ça recommence.*

L'an dernier, des canoteurs lui avaient rendu visite après s'être embourbés dans les déchets en aval ; à leur avis, ça détruisait la nature d'habiter comme ça, dehors, en sauvages. Cette intervention avait laissé Roberta pensive. Tous les arbres les plus grands, ils ne les coupaient pas. Chacun faisait dans une fosse ses besoins proprement et y jetait ses déchets aussi ; si, par négligence, certains dégradaient le site, d'autres réparaient les dégâts lors d'une corvée de groupe. Bref, ils vivaient en harmonie avec la Terre, pensait-elle, jusqu'à ce que les vacanciers se plaignent. Elle s'était donc informée – qu'était-ce que cela, détruire la nature ? – et avait cherché dans les livres des réponses sur ce sujet.

Roberta s'est arrêtée au milieu de sa phrase : un enfant qui passait en en pourchassant un autre avait soudainement attiré son attention. Elle l'a pris par le collet, l'a fait s'excuser et j'ai marché avec elle, alors que le soir tombait, jusqu'à la cabane où l'enfant habitait. Sur ses jambes courtes chaussées de bottes en caoutchouc, elle sautillait à travers un ruisseau sale, complètement saturé de particules brunes en suspension, nauséabond. Puis nous avons pris une laitue dans le potager de même qu'une carotte pour faire le repas : j'étais invité à manger et rester pour la nuit.

Le vrai problème, m'a expliqué Roberta en brassant la salade dans son camping-car, *c'est que tout ça est faux. C'est une illusion.* Je ne comprenais pas. *La nature ! C'est une théorie.* Voilà ce que ses lectures avaient révélé : c'est l'Occident qui avait créé la nature et, en réalité, elle n'était qu'un concept évoluant sans cesse, variant selon les classes sociales, les nations et les époques, une idée que les uns et les autres manipulaient selon leur intérêt. *Vraiment ?* Son discours piquait ma curiosité. Pour la relancer, je lui ai demandé s'il n'y avait pas quelques sanctuaires de nature pure comme le fond des mers, la forêt vierge, le pôle Sud et les îles désertes du Pacifique. *Au contraire, c'est la société qui est partout*, m'a répondu Roberta. Elle m'a servi de la salade et s'est assise en face de moi. *Tout ceci*, a-t-elle fait en désignant la fenêtre, *ce n'est pas qu'un village, c'est aussi la prairie, et la rivière qui parcourt la prairie et qui coule depuis le sommet de la montagne. Tout est relié*, m'a-t-elle expliqué, *par les écosystèmes.* Or qu'y avait-il au sommet de la montagne ? Des alpinistes ! Et ceux-ci, d'après elle, urinaient forcément dans les coins, dans les arbustes, entre leurs bivouacs. Causeraient-ils donc, lui ai-je demandé, des problèmes d'eau contaminée ? *Par exemple. Ça ne serait pas étonnant.*

Un peu plus tard, je rinçais les assiettes dehors, dans un bac d'eau grise, lorsque Roberta m'a rejoint pour parler encore. Elle souhaitait me raconter la suite de l'histoire de son village, et ses dernières réflexions m'ont suggéré la leçon que j'ai tirée de ce séjour.

En arrivant ici, a-t-elle repris, *on croyait vivre simplement, éliminer des outils, se débrouiller avec nos mains.* Ils voulaient s'en remettre au hasard et à l'abondance, en changeant de campement au besoin tous les mois, manger ce qui poussait le long de la route, chasser le petit gibier avec un bâton. Tout a fonctionné parfaitement le premier mois mais, après un temps, ils ont dû admettre que les enfants digéraient mal et qu'ils manquaient d'énergie. Ils se sont alors rendus à l'hôpital et, de là, tout s'est énormément complexifié : ils ont reçu du lait en poudre enrichi, une travailleuse sociale s'est mise à les visiter, accompagnée parfois d'une infirmière qui leur laissait du shampoing anti-poux, des brosses à dents, des couvertures et des manuels scolaires. Elles leur avaient même donné un téléphone pour les urgences et, dès que quelqu'un faisait de la fièvre, les infirmières rappliquaient en quad et transportaient le malade à la clinique. *Je ne peux même plus refuser leur aide*, expliquait Roberta, *mes gens la réclament !* Elle se doutait bien que les infirmières documentaient le campement et qu'elles traîneraient bientôt les enfants à l'école, les vaccineraient de force, creuseraient des toilettes, installeraient l'aqueduc et feraient d'autres choses encore sans leur demander, soi-disant par bienfaisance, mais ils trouveraient un moyen de s'y faire un nid, dans la société. *Il n'y a pas d'autre choix ! Puisqu'elle couvre la Terre !* Constatant qu'elle ne pouvait lui échapper, Roberta avait choisi de ne plus fuir la société et avait fait cette devise sienne : faites de ce qui vous assaille votre milieu de vie.

Puis Roberta m'a servi un grand verre d'eau brunâtre et nous avons devisé encore un temps devant son camping-car, sans soupçonner qu'à quelques mètres de nous se préparait un évènement terrible.

5

Le repas fini, j'étais étendu dans ma tente alors que le soleil venait à peine de se coucher. Non loin, des gens du village passaient le temps, peu bavards, par bandes de quatre ou cinq, à surveiller des feux, à en remuer les braises et à boire au goulot de bouteilles qui tournaient ; d'autres jouaient aux cartes ; même les enfants traînaient. La soirée s'éternisait ainsi, sans que personne remarque qu'au-dessus s'accumulaient de gros nuages noirs. Puis un vent froid s'est levé et la pluie a débuté, tombant à peu près comme des billes sur ma tente, avant de s'intensifier davantage. Elle s'est infiltrée par le sol et les coutures ; en quelques instants, elle avait détrempé mon nid. *La bâche ! le seau ! aidez-moi !* Dans le désordre, les habitants du village criaient en bondissant et s'interpellaient mutuellement en rangeant leurs affaires. Il pleuvait des gouttes surdimensionnées. J'hésitais à sortir, même si une mare s'était formée sous mes cuisses.

La pluie : il faut être de la terre sèche ou, au milieu de l'été, un agriculteur soucieux pour en apprécier jusqu'au bout toute l'utilité – faire le lien entre cela et la roue d'un moulin, un arbre mature ou de l'eau en bouteille. Car c'est un procès bien injuste qu'on fait à la pluie, comme s'il n'y avait que des pluies glaciales, des pluies tristes, des vacances pluvieuses, d'interminables pluies d'une semaine et des pluies catastrophes qui dévastent tout, brisent les digues, emportent les huttes et provoquent des glissements de terrain. Portons-nous donc tous une blessure ? Est-ce que quelques mésaventures à l'échelle de l'humanité ont suffi à faire basculer la pluie du mauvais côté ? Dans ce cas, quelle cicatrice non méritée ! Il faudrait évacuer cette rancœur une bonne fois pour toutes, quitte à faire le vide de notre instinct anti-pluie pour nous laisser à nouveau surprendre par ce phénomène. La pluie qui tombe comme pour la première fois, débarrassée de son aura de pique-nique raté, de flaques et de souliers humides, redeviendrait enfin elle-même : une eau qui s'égoutte du ciel, prodige étonnant, œuvre ravissante de mère Nature.

Un homme s'est approché de ma tente en se couvrant d'un carton. Il m'a fait sortir et m'a accompagné à la course jusqu'au camping-car de Roberta, qui nous attendait dans l'embrasure. *Donnez-moi votre chemise, j'ai un t-shirt sec*, m'a-t-elle offert, tandis que j'essuyais mes cheveux. Une quinzaine de personnes s'entassaient dans l'abri, toutes trempées et grelottantes, dégoulinant sur le plancher. Elles surveillaient par la fenêtre l'état de leur cabane que le vent menaçait d'abattre et de défaire. Ceux qui avaient retiré leurs vêtements trop mouillés se promenaient en se frictionnant les bras. Le camping-car se remplissait d'un brouillard d'odeurs corporelles qu'il fallait comme fendre pour se déplacer. Quelques vieux se sont endormis. Puis le vent et la pluie se sont calmés, mais personne n'est immédiatement sorti – nous profitions du sec, sachant nos lits humides, à l'orée de cette nuit fraîche et désolante – et j'étais tout près de m'assoupir sur un tabouret quand deux enfants sont venus cogner à la porte.

Bonsoir, a fait le premier, transi, les bras croisés, et il s'est avancé pendant que l'autre se tenait à l'écart en serrant quelque chose. *Un chat ?*, a demandé Roberta en s'approchant. Unc chatte, plus exactement, ronronnait dans les bras de l'enfant qui entrait tout trempé et sale. Les enfants la transportaient depuis près d'une heure ; ils s'étaient perdus en revenant de jouer au milieu de la forêt, avant que la pluie ne tombe et, en chemin, ils l'avaient découverte miaulant, seule sur une souche, cette chatte qui avait probablement erré jusque-là – on ne saurait dire comment, dans ce lieu désert éloigné de la route et de toute résidence. Une grosse roche leur avait servi d'abri pendant l'averse et ils rentraient maintenant de leur aventure, soulagés de pouvoir déposer l'animal et de se faire offrir un lait chaud et des couvertures. Ils se sont assis dans un coin tranquille et l'attention de tous s'est tournée vers la chatte.

Qu'est-ce qu'elle faisait là, couchée par terre dans la pénombre, cette chatte, à ronronner avec des yeux craintifs, l'air de dissimuler quelque chose ? Elle se recroquevillait par réflexe lorsqu'on approchait et nous, également, reculions, mal à l'aise. Quelque chose d'anormal planait autour de cet animal, qui suscitait par avance du dégoût, de la pitié. On devinait une déformation de son corps. Une anomalie révélatrice dans sa posture indiquait qu'entre ses pattes quelque chose pendait, comme un appendice de chair tendre, sensible et glabre. Et lorsque je me suis approché avec d'autres, j'ai aperçu sur son abdomen deux seins roses gros comme sa tête de chat – deux seins d'humain, rondelets, gonflés, comme collés à son corps ou cousus là – comment ? Et à quelle fin ? Nous avions proprement le souffle coupé.

De toute évidence, l'opération chirurgicale remontait à quelques heures à peine et avait été menée sans précautions : l'incision pratiquée sur le ventre pour insérer les poches de silicone montrait les signes d'une infection. Ses mamelles restaient parfaitement figées ; elles ne pendaient pas lorsque la chatte évoluait à quatre pattes, mais conservaient leur rondeur artificielle, comme insensibles à la gravité. La chatte avançait à tâtons, précaire dans son équilibre, préoccupée par la surface irrégulière du sol, contournant les déchets, ne grimpant sur rien. Et quand elle s'asseyait, entre ses pattes avant pointaient les deux globes de chair bombés, lisses et surmontés de brillantes tétines pourpres (lesquelles n'étaient qu'un grossier pli de peau roulée, un cercle de teinture suggérant l'aréole).

Frappée par l'horreur de la condition de l'animal, la petite foule réunie à l'intérieur du camping-car détournait le regard, croisait les bras, gênée, et reculait à l'approche du chat. Puis, sans prévenir, un homme obèse qui restait silencieux depuis une heure, la bouche entrouverte, s'est mis à respirer très fort et à pousser les meubles autour de lui. En pointant le chat du doigt, il a bondi sur une chaise et a émis un gémissement sinistre, une expression de pure terreur envahissant son visage. Tandis que trois forts gaillards l'agrippaient par les jambes et l'emportaient à l'extérieur, je constatais que les compagnons de Roberta, s'ils contrôlaient mieux leurs réactions, semblaient partager la peur de l'homme obèse.

Dehors, un attroupement s'est formé : que faire du chat, se demandait-on à voix basse ? Peut-on tenter un dégreffage ? Ou vaudrait-il mieux le noyer pour abréger ses souffrances ? Et est-il porteur d'autres maux ? Certains s'inquiétaient pour leur santé et pour celle des chiens du village. Quant au maître de l'animal, plusieurs se demandaient s'il ne surviendrait pas dans quelques heures, furieux, déclenchant toutes sortes d'ennuis juridiques. Certains tournaient aussi vers moi un œil méfiant – j'étais après tout un étranger aussi – et je sentais qu'on épiait mes réactions. Oh, combien aurais-je préféré avoir l'appui de l'Unité mobile – que Dave et Diane soient à mes côtés, ce soir-là, plutôt qu'à la fête annuelle du Réseau ! J'ai attendu et espéré qu'avant l'arrivée des renforts, rien de fâcheux ne se produise pour le chat ou pour moi.

Puis nuit froide, matelas mouillé et miaulements angoissés de la chatte dans ma tente.

Le lendemain, après avoir remis mes chaussettes humides, j'ai rejoint Roberta qui déjeunait avec son entourage. Ils évitaient de mentionner la chatte, discutant plutôt pêle-mêle de catastrophes, de films et de la météo en se passant un cruchon d'eau brunâtre. Efficaces, en ajoutant au gruau le café soluble, ils faisaient d'une pierre deux coups, repas et breuvage, qu'ils pouvaient engouffrer en moins d'une minute. On m'a offert ma ration sur un coin de table et quand j'ai eu fini, Roberta s'est assise près de moi. *Elle est toujours avec vous ?*, m'a-t-elle demandé. *Oui*, ai-je fait en montrant la cage posée devant la porte. Puis elle a voulu savoir si la chatte semblait faiblir, si l'infection de ses plaies s'aggravait et si moi-même je ressentais des symptômes particuliers, après avoir passé une nuit entière tout près d'elle. J'ai répondu à toutes ses questions, puis confirmé que, comme convenu le soir d'avant, je repartirais sur mon quad avec la chatte dans une cage. Roberta ne cachait pas son soulagement : *Je serai plus calme quand cette chatte sera loin.*

Elle avait, disait-elle, repensé à l'étrange maladie qui affectait les animaux et devait admettre que les risques de contagion l'inquiétaient. *Je sais qu'il faudrait accélérer certains travaux*, concédait-elle en désignant par la fenêtre les zones en question : ici, aménager un site d'enfouissement ; là, construire une toilette sèche. Mais l'apparition de la chatte avait bousculé les priorités. *Tout a changé !* Elle m'a entraîné dehors, où la chatte continuait de miauler dans sa cage. Que devaient-ils exactement se reprocher ?, a-t-elle repris. Quelques bouts de carottes balancés dans les bois ? Un caca par-ci par-là, enfoui sous les feuilles ? Rien du tout, bref, comparativement aux actions plus sournoises, outillées, dont on voyait sur la chatte les marques tangibles. Selon Roberta, quelque chose de plus grave se tramait : une force obscure et mal intentionnée, un individu doté d'équipements technologiques, agissant seul ou avec l'aide de quelque assistant, qui triturait, taillait, expérimentait avec la chair. *Mais dans quel but ?*, ai-je demandé. — *Qui sait ! Mais les faits sont là et il faut en tirer les leçons qui s'imposent.*

Roberta m'a accompagné tandis que je secouais et pliais mes quelques vêtements et que je démontais ma tente. Tout près, on entendait le gargouillement du ruisseau sale où s'amoncelaient des sachets de plastique. Le papier hygiénique y formait des boules nonchalantes qui s'agrippaient aux cailloux et de gros oiseaux rouges allaient et venaient, picorant les déchets. Roberta, qui continuait à s'agiter autour de moi, a désigné le ruisseau. *Est-ce que ça pourrait être plus propre ? Bien sûr. Mais quelle importance ?* En laissant se former quelques flaques puantes, croyait-elle, et avec ses outils simples – presque primitifs ! –, son village ne causait pas le même tort qu'un chimiste déluré ou un inventeur fou caché dans la nature. Il lui semblait évident que l'auteur de l'opération devait être l'initiateur de la maladie qui touchait les animaux et s'acharner sur la pollution du ruisseau Gérard s'avérait désormais superflu. *On ne va pas perdre notre temps*, lançait Roberta. J'acquiesçais : elle avait probablement en partie raison et j'avais moi-même autre chose à faire : sauver la chatte, qu'une infection grave menaçait.

Je l'ai donc saluée, j'ai ramassé la chatte, marché jusqu'au quad et filé vers le Refuge.

Après avoir déniché un téléphone, averti de mon arrivée et de celle d'un « animal particulier », j'ai roulé sans obstacle jusqu'à destination. Débarqué au Refuge, l'animal a été recueilli (*Lui avais-tu donné un nom ? — Je pensais l'appeler Moxie*), puis placé d'urgence sous perfusion dans une boîte en verre.

La fête s'était terminée tard. À la fin de la matinée, on finissait de ramasser les rubans dispersés sur la pelouse. Un chapeau de poil pendait encore d'une lampe au plafond, dans la grande salle, et sous cette lampe, Diane, assise par terre, se faisait masser la nuque par Dave ; pendant ce temps, le Dr Denis envoyait un bénévole préparer des sandwichs. Quelques membres du Réseau gisaient sur des coussins, les yeux mi-clos.

Venez manger !, a crié le Dr Denis. Une bénévole a apporté les plateaux de sandwichs pendant qu'une autre allait chercher Moxie. Quand tout le monde a été rassemblé, le chat et le repas ont été déposés devant nous.

Moxie (les plaies désinfectées, les seins couverts de bandelettes) s'est couchée au milieu des bouteilles vides, paisible et détendue. Que cachait ce calme ? Il était impossible en sa présence de ne pas songer à l'horreur de l'opération et à celui qui la lui avait fait subir. En l'accueillant et la soignant, nous acceptions à l'intérieur du Refuge la menace lointaine et mystérieuse dont elle était le signe.

Elle respirait doucement, la tête entre les pattes.

Après l'avoir observée longtemps en silence, Diane lui a tendu la main. La chatte s'est alors laborieusement levée, a titubé entre les déchets de la fête, contrainte par les deux masses de chair à une marche maladroite, puis s'est installée sous la main de Diane. Là, elle a baissé la tête et offert son cou à flatter. Diane lui a passé la main gentiment sur le dos, puis gratté le menton en murmurant dans son oreille. Moxie ronronnait de plaisir.

Incroyable ! J'étais complètement renversé : n'avait-elle pas subi dans les dernières heures plus de sévices que ne pouvait en supporter un chat normal ? *C'est incroyable, mais tant mieux*, a répondu Diane : elle était, après tout, entre des bras protecteurs. Moxie avait-elle compris que ses nouveaux maîtres ne lui voulaient aucun mal ? Ou avait-elle renoncé à fuir ? Se livrerait-elle désormais à tous ceux qui l'approcheraient ? *Je crois*, a tranché le Dr Denis, *qu'elle est simplement de ces animaux qui n'apprennent pas de leurs blessures.* Il les connaissait, comme vétérinaire, ces chiens qui continuent de poursuivre les voitures, même après s'être fait rouler dessus ; ces poneys couverts de cicatrices qui persistent à se prendre dans les barbelés ; ces brebis qui broutent à répétition des fougères toxiques. *Mais comme tout vétérinaire le sait, ils sont aussi les plus faciles à soigner. Ils n'ont jamais peur ! Comme s'ils oubliaient de fois en fois la douleur des piqûres et des opérations.*

Oui, c'est vrai, ai-je reconnu, en mastiquant un brocoli : tant mieux qu'elle n'ait apparemment rien retenu de sa mauvaise expérience. Car supposer désormais que tous les hommes sont animés de viles intentions aurait pour Moxie des conséquences encore plus tragiques que les sévices qu'elle avait subis : sans nous, elle errerait dans les bois, torturée par la faim, et finirait grelottant dans un abri précaire, attendant les prédateurs. Mieux valait prétendre que rien ne s'était produit, regarder devant avec l'optimisme du chaton sous sa mère.

Et de tous les constats qu'allaient m'offrir mes vacances, c'est celui suscité par la découverte de Moxie qui s'est sans doute révélé le plus utile – à court terme, du moins. Il y a tant à apprendre de ces animaux qui n'enregistrent de leurs tribulations aucun souvenir ! Mais cela, je l'ignorais alors, comme j'ignorais le drame qui se préparait dans les sous-bois et les marécages de la région, et dont le Réseau d'urgence pour la faune ne sortirait pas indemne. Nous allions très bientôt être soumis à de rudes épreuves ! Épuisés et mal en point, nous serions tentés de baisser les bras ! Dans les moments creux de nos aventures, quand nos corps blessés allaient crier stop, allions-nous rebrousser chemin, laisser le mal terrible s'emparer des animaux ? Ou poursuivre, confiants qu'au bout de nos efforts le succès attendait ? Voilà pourquoi il importait de retenir, à l'orée de funestes et non anticipés évènements, ce principe qui nous guiderait dans les heures sombres : ignorez les leçons de vos meurtrissures.

6

Chaque jour, nous recevions une demi-douzaine d'animaux atteints d'acné : belettes, hiboux, truites, lièvres, tous agonisants et couverts d'un épais film lipidique.

Après mon rapport sur le village de Roberta et à la lumière de tests pratiqués sur les malades, les causes du mal semblaient de moins en moins claires. Les microbes détectés dans le ruisseau Gérard pouvaient y être associés, mais pas nécessairement. Les analyses biochimiques ne disaient rien. Personne n'avait aperçu d'autre mousse orange. Quant aux symptômes, ils évoluaient à des rythmes très variés selon les animaux : certains avaient perdu la vie très vite alors que d'autres, comme Titi, survivaient tant bien que mal, malgré la maladie.

Nous devons, a annoncé le Dr Denis aux principaux bénévoles réunis dans son bureau, *désormais considérer que nous faisons face à une épidémie. La maladie apparaît dans toute la région et saute d'une espèce à l'autre sans distinction. Avant la fin de l'été, c'est toute la forêt qui pourrait être couverte d'acné et à l'article de la mort.*

Le Dr Denis recevait par fax des articles documentant les plus graves épidémies animales : des dossiers sur la métrite contagieuse équine, la toux du chenil et le choléra des poules recouvraient son bureau. Il passait la moitié du temps à lire et l'autre moitié au téléphone avec d'anciens collègues pour discuter de la peste de l'écrevisse ou de la maladie de la langue bleue. Pendant ce temps, les bénévoles analysaient des prélèvements et notaient des symptômes. Ils avaient fabriqué un tableau pour résumer les résultats ; les données significatives, encerclées en bleu, se reliaient entre elles par des flèches et des pointillés. Sous une colonne appelée « hypothèses », on trouvait l'énumération d'une dizaine de maux successivement raturés. Une semaine d'analyses plus tard ne subsistaient – et encore, non sans être suivies d'un double point d'interrogation – que deux pistes de recherche : le virus de l'herpès de la carpe koï et la trichomonose aviaire.

J'avais emporté dans ma chambre, pour l'étudier, l'épais dossier sur l'herpès de la carpe koï, que je n'arrivais à lire que par extraits et d'un œil, à cause des images. On y voyait des écailles tachées enduites de mucus, un œil enfoncé à l'intérieur de l'orbite, des ouïes boursoufflées et un bout de queue rongé par la moisissure. Dans certains cas, expliquait le dossier, les organes se criblaient de taches et ramollissaient. La mort survenait après deux jours de maladie, par la nécrose des branchies ; le poisson étouffait. Il n'existait ni remède ni vaccin contre ce virus qu'un seul poisson malade pouvait transmettre à la totalité des carpes vivant dans la même eau. Il s'agissait souvent d'un propriétaire bien intentionné qui déclenchait l'épidémie en « redonnant sa liberté » à l'un de ses poissons. La carpe infectée ne montrait aucun signe de maladie, mais tout dégénérait dans une eau entre dix-huit et vingt-cinq degrés : le virus, qui pouvait dormir pendant des années, s'activait à la température propice. Les carpes s'échouaient par milliers sur le rivage où leur chair, à moitié pourrie, séchait et fendait, offrant un spectacle horrible aux promeneurs.

L'épidémie d'acné ressemblait assez peu à l'herpès de la carpe, mais le Dr Denis craignait une mutation – naturelle ou conçue en laboratoire. Un chercheur rapportait avoir vu dernièrement les taches caractéristiques, les moisissures et les tissus nécrosés qui signalent l'herpès, sur un tilapia. Plus prudemment, en multipliant les nuances et sans rien conclure, l'étude indiquait qu'une population de grenouilles présentait aussi des symptômes comparables. Cela s'était produit à des milliers de kilomètres, dans des conditions climatiques somme toute très distinctes, mais le Dr Denis, voulant rester vigilant devant cette terrible possibilité – que faire si le virus proliférait et décimait en masse oiseaux, mammifères et amphibiens ? –, avait décidé d'approfondir les tests.

Et s'il ne s'agissait pas d'un virus, qu'est-ce qui pouvait causer la fièvre, l'apathie et les boutons pâles ? Peut-être un parasite ; c'était l'autre hypothèse : un organisme unicellulaire, la trichomonose, élit domicile dans les bouches des pigeons. Leur gorge et leur œsophage se couvrent alors de lésions jaunes, semblables à des boutons. La salive s'accumule dans leur bouche, sort par les coins du bec, mouillant les plumes le long du cou. Ainsi trempés par leurs propres sécrétions, les pigeons errent, désorientés, respirant laborieusement, se vidant par les intestins, jusqu'à ce qu'ils meurent. Mais leur salive infestée de trichomonoses reste derrière eux, sur la nourriture des chardonnerets et des roselins, notamment, contaminés à leur tour. Mais la trichomonose du pigeon pouvait-elle proliférer dans d'autres bouches, celles de tous les vertébrés de la région, à plume, à poil ou à écailles ? Cela supposait une mutation majeure, inédite.

Les recherches se poursuivaient. Et en attendant les résultats, l'accent était mis sur l'accompagnement des malades – le Réseau continuait après tout de recevoir quantité d'appels pour des animaux blessés, mordus par des chiens, happés par des voitures ou orphelins de la chasse, qu'il fallait soigner, puis réintroduire dans leur milieu naturel. Ainsi, profitant d'un après-midi radieux, Dave, Diane et moi avons emporté Randonneuse à bord de l'Unité mobile pour la conduire dans le jardin de Tania et Jean-Paul, deux amis du Réseau qui logeaient près d'une petite rivière.

Nous appréciions sans trop le dire ces escapades qui nous ramenaient dans le quotidien de l'urgence faunique et nous sortaient de l'appréhension du pire : nous étions libres sur la route, fonçant à 140. Le long du chemin, les mouches noires formaient des essaims, et je tentais de les attraper en sortant le bras par la fenêtre.

Après une heure, la jeep s'est engagée dans un sentier de terre – étroit, bordé de très hauts sapins et tout cahoteux –, et s'est mise à bondir dans tous les sens, avançant d'une flaque d'eau à l'autre, sautant sur les souches, et lorsqu'elle est parvenue en haut d'une butte, la forêt s'est comme ouverte, révélant une petite maison en contrebas. Au loin, Tania et Jean-Paul nous ont salués de la main. On se sentait spontanément en paix, en apercevant cet homme et cette femme qui défrichaient leur lopin de vallée où coulait un ruisseau. Ils avaient patiemment retranché deux hectares de forêt pour y semer une variété de cultures et y construire une maison en bois cordé – que des bûches empilées retenues par du mortier – percée de petites fenêtres rondes et d'une porte jaune. Sur le toit en pente poussait du gazon ; la pluie qui tombait coulait dans un réservoir. Jean-Paul s'affairait dans le coin avec une scie à chaîne tandis que nous descendions de la jeep et que Tania s'approchait pour nous accueillir.

Quelques présentations – *Tania, voici Randonneuse. Randonneuse, voici Tania !* – et la vallée s'est emplie de nos rires. Le soleil plombait ; nous sommes descendus au bord du ruisseau, prendre l'ombre sur cinq chaises en bois.

Tania a sorti une bouteille de cidre local qui avait refroidi dans l'eau. Tandis que nous trinquions, elle s'est immobilisée : *Regardez là-bas, de la fumée !* Un cylindre de fumée jaune a monté au ciel, juste comme je levais les yeux, avant de se dissoudre dans la troposphère. Ni vu ni connu ! Je tenais mon verre glacé dans mes mains, guettant d'autres émanations, et mes quatre convives faisaient de même. Après un moment, comme il ne se passait rien, nous avons recommencé à boire.

Depuis une semaine, selon Tania, apparaissaient ces fugaces colonnes de fumée, toujours d'entre les arbres, au-dessus des coins les plus reculés de la forêt. *Le vent transporte aussi parfois des odeurs acides*. Un rôdeur, selon Tania, habitait la forêt. Jean-Paul avait d'ailleurs repéré des traces et quelques nids d'oiseaux détruits. Il se nourrissait peut-être d'œufs, ce rôdeur ?

Diane, Dave et moi sentions le danger tout près : l'homme qui menaçait les animaux avec ses inventions ne pouvait être que ce rôdeur, brûlant à moins d'un kilomètre de nous des produits chimiques, avec l'arrogance de qui se sait insaisissable. *Pas vu d'animaux malades ?*, a demandé Diane. *Atteints d'une sorte d'acné ? Ou de signes de chirurgie : des plaies, des cicatrices, ou des transformations corporelles surprenantes ?* Nous avons fait le récit des derniers jours à Tania, qui nous a écoutés en sifflant d'incrédulité. Elle n'avait rien vu, toutefois, qui viendrait ajouter à notre compréhension, et Diane s'est levée finalement en concluant : *Chaque chose en son temps.* Nous avons fini nos verres et sorti Randonneuse de sa cage.

Guérie, elle était redevenue elle-même : agitée, avec ses mouvements saccadés de tortue. C'est Diane qui l'a prise et approchée un instant de nous ; l'ouverture d'une autre bouteille (*poc !*) a salué son arrivée. Dave l'a tenue un moment dans ses mains et a plongé son regard dans le sien – ou a tenté de, à tout le moins, en remuant sa mâchoire pour l'imiter. Il cherchait son attention : *Randonneuse ! Hé, Randonneuse !* Puis le temps est venu de dire adieu à la tortue et de la réintroduire dans le ruisseau.

Grâce à une bague, elle serait reconnaissable toute sa vie. Dans cinq ans, si nous la retrouvions malade dans un pré, soixante kilomètres au sud, nous pourrions nous réjouir : c'est qu'elle aurait survécu. Dave en particulier espérait la recroiser près d'un lac, sa bague reluisant au soleil : *Je vais la reconnaître, c'est sûr !* Il a tapoté sa carapace une dernière fois, puis Randonneuse est entrée lentement dans l'eau. Elle a fait quelques pas avant de s'enfoncer : dernier frémissement à la surface, mouvement quasi imperceptible des quenouilles, puis plus rien. Jean-Paul, d'humeur joviale après la réintroduction de Randonneuse, a offert de nous garder à souper.

Notre groupe s'est assis autour d'une table en bois, ovale massif au milieu de la pièce unique éclairée au fanal. Tout l'espace intérieur, fabriqué à la main, semblait robuste et simple ; tout avait une forme ronde. Préparer une immense salade avait pris trente minutes à Jean-Paul et à Tania (seulement quelques marinades et les légumes du jardin lavés à l'eau de pluie). Pour le dessert, nous avons partagé des fruits coupés déposés dans un bol de terre cuite émaillée en forme d'anémone, avec une bouteille de vin sucré. Ils fabriquaient le vin avec des fraises des champs : un des grands plaisirs, selon Jean-Paul et Tania, de vivre dans l'autosuffisance. On remplissait nos verres en souriant, tandis que succédait au jour une nuit sans nuages.

Ce repas était comme le feu des hommes préhistoriques, dont l'éclat éloignait les tigres à dents de sabre : nous nous savions à l'abri, ivres, dans la maison de Tania et de Jean-Paul, mais le danger tout proche ne quittait pas nos esprits.

En fait, il nous obsédait. Jean-Paul parvenait à égayer la compagnie en décrivant comment, à l'aide de pièges à grande échelle, il prendrait le rôdeur pour l'interroger. Il ramasserait, disait-il, une réserve de gomme de sapin pour faire un monticule collant camouflé entre des brindilles. Ou bien il s'assiérait sur une branche et le guetterait pour l'attraper au lasso et le suspendre (il faudrait prévoir un système de poulies). Il pourrait aussi creuser un trou ou construire une cage qui tomberait lorsqu'un pied actionnerait le levier. Les traces d'un gros animal, genre de faux pied de yéti, égareraient le rôdeur, qui partirait à ses trousses jusqu'à une vieille pinède sombre. Là-dedans, il finirait par se perdre.

Jean-Paul et Tania vivaient seuls depuis un bon moment. Ils avaient défriché et construit leur maison pendant plusieurs années, au gré de leurs vacances, puis avaient quitté leurs emplois respectifs pour s'y installer à temps plein. *Souvent, l'hiver, on reste chez des amis, quand ils partent en vacances*, précisait Tania. Ils s'étaient habitués à la vie solitaire. *On a toujours quelque chose à faire*, expliquait Jean-Paul. *On fait notre bois de chauffage, on fabrique notre vaisselle* (il a désigné le pot coloré contenant les fruits). La combinaison particulière de la qualité du sol et du microclimat de la vallée leur permettait de produire sans effort une quantité inouïe de fruits et de légumes. Ils obtenaient un cantaloup juteux, trois variétés de pommes croustillantes et des poires acceptables. Leur serre donnait 300 kilos de tomates et de concombres par été. L'argent de la vente de leur ancienne maison s'écoulait tranquillement et servait à acheter un poulet ou des steaks chaque semaine au supermarché. Pour la farine, ils faisaient affaire avec quelqu'un du coin et lorsqu'ils se rendaient au village, ils en profitaient pour ramener des fromages, du café, du poivre, du chocolat, des amandes, du sucre… *Le reste, on le bricole nous-mêmes. C'est ça, la vraie vie !*, a conclu Jean-Paul en remplissant une autre fois nos cinq verres pour trinquer à l'abondance des ressources autour de nous.

Et tranquillement, la chaleur de leur petite maison en bois cordé a fini d'apaiser nos inquiétudes ; nous avons commencé à chanter des airs connus. Nous nous réjouissions sans peine de cette soirée agréable qui passait lentement, comme si nous avions atteint un niveau supplémentaire d'insouciance. Était-ce possible ? Je croyais que oui, extirpant de ma poche, au milieu du bruit de notre long souper, mon carnet pour noter mes idées sur le vif. Je pensais à la vache, la plus paisible de toutes les bêtes. Pour se nourrir, elle broute l'herbe des champs, sans autre préoccupation. Mais ce n'est pas tout. Son herbe, elle l'avale tout rond, puis la laisse fermenter dans sa panse. Comme ça, c'est couchée qu'elle finit son repas, l'air à demi assoupi, ruminant la pelouse ramollie qui remonte dans sa gorge. On ne voit donc jamais la vache engouffrer son repas à la hâte, comme les autres animaux. Même pas besoin de mâcher debout ! Grâce à un deuxième, un troisième et un quatrième estomac, la vache peut totalement s'épargner le besoin de mastiquer l'herbe à mesure qu'elle la broute. Le geste de manger, la vache le pose avec une nonchalance parfaitement aboutie. Alors pourquoi ne pas l'imiter ?

Ainsi, Tania et Jean-Paul vivaient comme des agriculteurs d'antan, indifférents au tourbillon du monde, fondamentalement satisfaits de leur communion quotidienne avec la terre. Mais ils allaient plus loin. Ils avaient patiemment composé un microcosme rempli d'indolence et de spontanéité qui résonnait subtilement comme une petite musique. Et c'est dans cela que résidait la leçon de notre visite. Si vous accomplissez votre labeur sans protester, en paix avec vous-même, sans que l'idée d'une vie meilleure vous tourmente, c'est bien. Mais pourquoi ne pas poser un pas de plus ? Regardez au loin ! Remontez d'un niveau ! Passez, paisibles laboureurs, à l'étape suivante de l'insouciance – ô colons sereins, sifflotez. (Et comme je mettais le point à cette phrase, Tania s'endormait sur sa chaise tandis que Jean-Paul sortait coussins et couvertures. Il les a déposés par terre et nous avons, tous ivres, rapidement sombré dans le sommeil, bercés par le bruit calme du ruisseau.)

7

De retour au Refuge, le Dr Denis nous a convoqués au laboratoirc. *On est revenu au point de départ*, a-t-il lancé en désignant une pile de documents sur la table. En effet, nous nagions dans la plus opaque des purées. L'herpès de la carpe koï ? Une piste improbable quand on comparait le virus aux prélèvements effectués sur les animaux malades ; la trichomonose aviaire avait été définitivement écartée puisque l'acné épargnait le système digestif ; malgré ce que nous avions d'abord redouté, Moxie ne portait aucun signe propre à l'épidémie ; quant aux incidents rapportés par Tania et Jean-Paul, ils embrouillaient les choses davantage. Et pendant ce temps, les cas d'acné se multipliaient ! Nous contemplions la pile de notes et de dossiers qui encombraient les tables et marmonnions en nous prenant la tête à deux mains. Enfin, le docteur s'est levé, a regardé dehors et, soulevant une carte, a proposé une approche.

Il nous reste à ratisser le bois, a-t-il déclaré, en faisant une grimace de dépit. *Tout le secteur.* Il marchait de long en large, tenant la carte. *Il faudra visiter tous les sentiers et quadriller tous les sous-bois, au cas où s'y trouveraient des signes*, et en s'approchant de nous, il a montré du doigt une grande zone sur la carte : *là-dedans.* C'est là que sévissait apparemment le rôdeur, comme Tania et Jean-Paul l'avaient baptisé. La zone concernée dessinait un beigne autour de leur maison et incluait le ruisseau Gérard, le village de Roberta et cet étang où d'abord j'avais aperçu la mousse. *Vingt kilomètres carrés*, résumait le docteur. On y trouvait un mélange varié de forêts, de routes, de campings, de champs, de chalets, d'hôtels, de centres commerciaux et d'usines moribondes. *Il faut marcher ! Voir !*, a-t-il recommandé ; car les animaux malades s'additionnaient et s'approchaient tous d'un inévitable trépas, en l'absence de remède. Mieux vaut être dehors à la recherche du rôdeur, se disait le docteur, que sur place, impuissants : qui sait si nous n'allions pas faire une découverte ? Du reste, on annonçait quatre jours de temps radieux : la perspective d'arpenter la forêt en cherchant des signes avait tout pour nous sourire.

Diane, toutefois, allait devoir rester pour rafistoler un peu la Zoozone. La pluie violente qui s'était abattue le soir du bal avait révélé quelques fissures dans le toit et, depuis plusieurs jours, elle s'était promis de boucher les trous.

Diane accomplissait volontiers ces tâches générales d'entretien devant lesquelles Dave avait tendance à se dérober. *Moi, ce qui m'intéresse, c'est les animaux*, aimait-il à dire (à quoi Diane répondait toujours : *Et les animaux, à ton avis, qu'est-ce qui les intéresse ?*). Diane se préoccupait moins des animaux en particulier que de la Nature, vis-à-vis de laquelle elle se sentait endettée. La dégradation de l'environnement atteignait un point tel qu'il n'y avait d'autre choix que d'agir ! Mais elle comprenait que Dave se soit engagé dans le Réseau pour des raisons différentes et le laissait généralement à ses tâches préférées.

Nous avons empilé des vêtements propres et des sandwichs pour deux jours et filé vers la forêt.

Ce qui nous est apparu évident, à Dave et à moi, après quelques heures seulement dans la zone dite du « beigne » – les 2 000 hectares d'abri possible du rôdcur –, c'cst que nous entrions dans un lieu éprouvé : d'abord par les vacanciers qui salissaient les sites désignés pour camper, puis par un peu tout le monde (fermiers, résidents, entrepreneurs) qui coupait les arbres de manière erratique, et puis enfin par les entrepreneurs locaux qui construisaient des commerces et des hangars et asphaltaient tout autour. Dans tout cela, la forêt subsistait par fragments, plus touffus encore que la forêt normale, comme s'il s'agissait pour l'entité Nature de se venger du tort qu'elle avait subi.

Nous avons établi une liste des lieux à fouiller en priorité : le long du ruisseau Gérard, près de la maison de Tania et Jean-Paul et aux abords de l'étang où j'avais trouvé Titi ; liste rapidement expédiée où rien n'a retenu notre attention. Puis nous avons quadrillé le secteur, d'un coin à l'autre, méthodiquement – mais plus nous avancions, moins nos yeux parvenaient à voir. Dans la forêt, les ombres et le frétillement des feuilles créent un bruit de fond dans lequel toute piste s'estompe. On y devient obsessif, attentif à tout, ou alors insensible, à force que les sens s'épuisent. Faire un effort de concentration devant un buisson curieusement écrasé : quelqu'un s'est-il couché dessus ? Pourquoi s'y serait-il couché ? Y a-t-il d'autres signes ? Que signifient ces renfoncements dans la mousse et ces brindilles éparpillées ? Peut-être rien. Nous passions de lieu en lieu, sautant de la jeep, inspectant au hasard quelques herbes, de plus en plus machinalement, jusqu'à seulement toucher une chose et l'autre au passage, pincer une feuille entre nos doigts, faire rouler une roche ronde, absorbés par les diverses textures. Poursuivre le rôdeur n'était pas simple.

Les traces ont commencé à émerger au deuxième jour. Nous entrions péniblement dans un bosquet touffu, près d'un champ de carottes, où j'ai noté quelques marques anormales, un peu carrées, sur le tronc d'un bouleau. J'ai appelé Dave, qui m'a fait signe en retour. *Viens plutôt voir ça !* Il avait l'air stupéfait. Par terre s'étendait un curieux écrabouillis de bouts de paille et de rameaux noircis auquel se mêlaient trois ou quatre coquilles d'œufs et des croûtons de boue séchée. *Un nid ?* Pour toute réponse, il a montré deux formes, semblables à des pruneaux, qui gisaient plus loin dans un restant de paille. *Mais ce sont des poussins !* Dave a acquiescé. C'étaient en effet deux poussins qui avaient brûlé vifs dans l'incendie de leur nid : quasi méconnaissables, friables, noir de jais. Les microscopiques pattes plantées dans leur corps ressemblaient à de vieilles allumettes et le duvet avait fondu à cause du feu et pris une teinte luisante. Dave a plongé sa main derrière un buisson et en a retiré un contenant de verre et des torchons imprégnés de liquide jaune. *Pouah ! N'approche pas ! Ça empeste l'acide !*

Plus loin, les cadavres d'animaux s'accumulaient : un écureuil boursoufflé, une douzaine de mésanges mortes éparpillées dans un champ, la carcasse d'un renard. Tania et Jean-Paul avaient donc raison : il y avait bien, dans la forêt, parmi les entrepôts et les campings, un rôdeur qui sévissait. Mais ce qu'il préparait exactement n'en restait pas moins nébuleux.

Pendant les heures qui ont suivi, nous avons encore vu certains signes, quoique moins intenses – vandalisme, amorces d'incendies, terriers de marmottes transformés en pièges à l'aide de clous rouillés –, que le rôdeur nous avait précédés sur les lieux. Nous pouvions supposer qu'il se cachait tout près tandis que nous arrivions quelque part, derrière un chalet, une rivière ou un grossiste de meubles de jardin. Mais nous ne rencontrions jamais personne et, allant ainsi en quête de l'insaisissable, nous avons conclu l'un et l'autre qu'il fallait changer de plan. Dave s'est mis à étudier les cartes ; il cherchait des lieux, des repères, des destinations. *Qu'est-ce que c'est que ça ?*, ai-je demandé, en désignant un gros point, alors que je me penchais à l'improviste sur son épaule. *C'est le vieux moulin. Une scierie immense, où on faisait des planches. Ils ont dû le fermer il y a au moins dix ans. C'est devenu un lieu sinistre.* Dave l'avait vu quelquefois au passage et s'en souvenait comme d'un amas de restes pourrissant à la vue, malpropres et négligés. *Un endroit bien triste*, a-t-il résumé. *Sauf que notre rôdeur pourrait bien s'y cacher...* J'ai acquiescé. Car s'il fallait que notre chemin croise par chance – tout insaisissable qu'il soit – son chemin à lui, ce vieux moulin fournissait pour cela le cadre le plus vraisemblable. Dave s'emballait. *Je sens que nous le tenons ! Allons-y*, ai-je lancé, et il a démarré la jeep.

Le moulin consistait en quelques structures effondrées, des morceaux de béton bulldozés en tas, au milieu desquels reposaient des carcasses de remorques et s'enracinaient quelques arbres. Après avoir garé la jeep, nous nous sommes approchés furtivement en longeant les rebuts jusqu'à un chariot élévateur rouillé dans l'herbe. Nous apercevions un convoyeur de plusieurs mètres de long qui sortait du grand bâtiment. Des centaines de troncs d'arbres sans écorce s'empilaient, formant des pyramides devant le tapis roulant. *Attention !*, a fait Dave à voix basse, puis il s'est tu pour écouter les bruits environnants. *J'entends une voix dans le bâtiment...* Nous sommes partis sur la pointe des pieds dans la direction que Dave indiquait.

Une fois grimpé sur le tapis roulant, j'ai découvert un désordre de poutres tombées, de fils de fer pendant du plafond et de toutes les machines. Partout traînaient des pièces arrachées d'un moteur que des gens avaient sciées, dévissées, séparant les métaux précieux des détritus, ne laissant pas une seule porte ni un seul panneau fermés. Des machines cassées en deux, infiniment lourdes, gisaient dispersées aux extrémités du bâtiment. Dave s'inquiétait : *Je n'entends plus rien. Il nous a peut-être vus ?* Il a rampé jusqu'au bout du convoyeur et a glissé derrière la scie géante.

J'ai attendu. Après quelques instants, sa voix a retenti au loin. *Vous venez d'arriver ? Non ?* Il parlait à un couple. Tous deux installaient un appareillage complexe de trépieds et de projecteurs et s'apprêtaient à tourner un petit film. Ils étaient familiers des lieux et avaient essayé plusieurs fois de capter la lumière dramatique qui passait par le toit et colorait les touffes d'herbes sur le plancher du bâtiment. Leur film comportait déjà une musique poétique dont ils nous ont fait écouter des extraits. Et ils précisaient, un peu dédaigneux, qu'une fois le tournage complété, ils ne retourneraient plus à la scierie devenue, selon eux, trop fréquentée par les photographes amateurs (les autres sites qu'ils prévoyaient filmer relevaient, évidemment, du plus haut secret).

Nous avons continué notre chemin dehors. Après avoir visité une roulotte pleine de déchets, nous avons couru dans un cylindre géant ; puis nous avons grimpé dans un tracteur, joué un moment avec son volant et ses grosses manettes et, grâce à une échelle à moitié rouillée, sommes parvenus sur le toit penché d'un des hangars où nous avons pris une brève pause et conclu que le rôdeur se trouvait ailleurs.

Le soir approchait. Il fallait repartir et planter notre tente quelque part. Dave a évoqué un joli plan d'eau, le lac Jacques, qui se trouvait à quelques kilomètres et qui, dans son souvenir, offrait la tranquillité, de la baignade et des couchers de soleil magnifiques sur une baie en forme de croissant. Hop dans la jeep, transportés presque instantanément.

En arrivant au lac, nous étions comme repus par l'action du jour et remplis d'une rare sensation d'accomplissement. Qu'est-ce qui avait ainsi pour la capture du rôdeur calmé notre désir et satisfait notre brûlante et jusqu'alors insatiable soif? Nous étions tout simplement imbibés des orteils aux cheveux par le sentiment du devoir accompli.

Accomplir son devoir est pour l'humain une source d'eau, s'écoulant des plus hautes montagnes, fraîche et cristalline, qui le rend meilleur chaque fois qu'il en boit.

Le jardinier tôt levé pour voir ses carottes protège celles-ci du gel et des ravageurs : ça lui fait du bien. De même, parcourant la colline, le berger veillant sur le sort de ses moutons jouit d'une rare sensation de plénitude et de satiété par rapport à son idéal. Qu'y a-t-il de possiblement plus enviable que d'être pourvoyeur dans un monde d'êtres fragiles ? Voilà ce qui parfumait, au coucher du soleil, l'air de bord de lac dont nous emplissions nos poumons : la responsabilité – son arôme frais, sa limpidité, ses propriétés toniques. Et au matin, alors que Dave et moi prenions le café devant l'eau calme, se posait à nous ce problème essentiel : comment chercher ? De toute évidence, où que nous allions, le rôdeur n'y était pas. Ou bien il repartait par hasard un instant avant que nous arrivions, ou bien où nous passions il n'était jamais allé, à moins que nous ne le précédions dans ses visites – bref, depuis trois jours, les progrès restaient minces. Ne pouvions-nous pas, plutôt que de rouler inutilement à travers la zone du beigne, privilégier quelque chose de plus discret ? Pourquoi ne pas rester sur place – camouflés, à l'affût – et attendre que le rôdeur passe : un autre moyen d'accomplir notre mission ? Se déplacer ou rester fixe revient au même puisque nous ne sommes toujours qu'un point situé à un endroit, mobile ou non, mais aveugle quant au reste de la zone. D'une manière ou d'une autre, même résultat : tant qu'à avoir le choix, optons pour le plus agréable.

Et quel choix avions-nous ! Le lac Jacques avait cette odeur mi-aquatique mi-végétale, boueuse et fraîche à la fois, des lacs ni propres ni sales. Pas un humain ne venait dans cette petite baie. Nous jouissions d'une plage naturelle de gravier fin qui devenait chaud au soleil et d'un gros caillou curieusement sculpté par l'érosion offrant une chaise idéale. À quelques pas s'élevait un rocher d'où plonger. L'eau était sans algues et d'une fraîcheur vivifiante. Nous voisinions avec une désopilante famille de canards. Les salicaires poussaient carrément entre nos orteils et, non loin, une source se déversait dans le lac, où nous pouvions boire sans arrière-pensée tant l'eau était claire et désaltérante – en boire, c'était comme laver les replis de son organisme. Le soir, il régnait un silence quasi sacré – à part un coassement de grenouille par-ci et le plouf d'un animal par-là. Et sur le promontoire dégarni où nous avions planté notre tente, s'offrait à nous, autour de neuf heures, le panorama splendide de la baie s'enflammant au couchant.

Remplir ses responsabilités est bon ; le faire de la manière qui convient à notre caractère, à nos goûts et à nos dispositions est mieux.

S'il faut pêcher pour nourrir les siens, on peut aussi bien, si rien ne l'empêche, le faire près d'une fantastique falaise et de plantes dégageant une odeur fruitée, dans un lac regorgeant de poissons – variés en espèces, tous faciles à cuire. Et s'il faut s'aménager un abri contre le froid, les assauts des grands carnassiers et les intempéries, pourquoi se compliquer la vie ? S'il y a de la paille et de la boue à proximité, on fait une hutte et on ne s'épuise pas en taillant des pierres, en mélangeant du mortier et en plantant des clous. Il faut en tout temps garder l'œil ouvert, et quand l'occasion se présente d'accomplir son devoir tout en s'amusant, la saisir. Choisissez des responsabilités agréables, puisque ce sont des responsabilités aussi : voilà ce que je concluais et que j'ai ajouté sur une page encore blanche de mon bloc-notes, alors que nous partions, deux jours plus tard, du lac Jacques pour rentrer au Refuge.

8

Nous revenions donc de notre expédition forts de la certitude qu'il se passait quelque chose dans la forêt, mais autrement pas plus informés sur le rôdeur qu'avant notre départ. Voyions-nous là une raison de nous décourager ? Nous butinions au contraire à travers le Refuge, propulsés par un élan renouvelé qui nous précipitait dans un coin et l'autre et nous faisait accomplir les activités les plus diverses. L'ignorance dans laquelle nous nous trouvions, si elle pouvait ressembler à un échec, nous offrait en contrepartie d'infinies possibilités. Connaître signifie se soumettre aux faits qui dessinent les contours de nos choix bien limités. Là où la connaissance s'accroît, les options diminuent. Mais nous étions dans la situation inverse : toute connaissance nous échappait, si bien que nous profitions d'un de ces rares moments d'euphorie où les options deviennent si nombreuses qu'il faut admettre que l'on peut tout faire. Or nous avions justement beaucoup à faire, au point où Diane avait dû interrompre les travaux dans la Zoozone (lesquels s'étaient allongés plus que prévu) et le docteur, ses dernières recherches sur l'acné (il se penchait sur une glande), car deux jours plus tard, nous allions lâcher les balbuzards.

Leur histoire avait débuté sur une montagne au sommet de laquelle s'étendait un lac couleur café au lait ; en son centre exact, une branche en forme de T coiffée d'un nid chevelu : brindilles en nattes, petites mèches d'herbes, frange d'algues mollement étirée jusqu'à l'eau. Des travaux se déroulaient immédiatement en face : les Développements Nordev construisaient quatre bâtiments, soit plus de cent trente appartements pour retraités avec stationnement paysagé, piscine et quai. Ce n'étaient, pour le moins, pas des travaux faciles : les machines devaient grimper un mauvais chemin en pente, creuser dans une terre bourrée de souches et de rochers, déplacer des arbres et, puisque par endroits le sol s'avérait mou et fuyant, il fallait planter de grosses tiges de métal dans le terrain pour atteindre, dans son tréfonds, le substrat rocheux. Nordev appartenait à Dominic, le développeur. La complexité de ces travaux ne le contrariait pas : c'était un rêve qu'il avait fait – une apparition lors de laquelle tout s'était dessiné devant ses yeux, alors qu'il débouchait, au cours d'une longue marche, sur la rive même de ce lac crémeux – une vision intime que les pelles mettaient en œuvre. Il suivait son instinct. Et quand, sur le lac, il a aperçu un matin s'envoler un gros rapace et qu'il en a repéré le nid, ça lui a plu. Le beau balbuzard pêcheur avait des airs d'esprit planant sur le site de son projet – oiseau éthéré, spectre des lieux. Il a par conséquent rebaptisé ses quatre immeubles « Domaine du balbuzard », changé le logo pour un oiseau de proie en vol et donné des consignes claires pour qu'on ménage l'oiseau : *Allez pas jeter vos déchets dans l'eau ou lancer des grosses roches, c'est compris ? — Évidemment !*, ont fait presque d'une seule voix les employés.

Les travailleurs du chantier se sont d'ailleurs vite attachés (jusqu'à en faire leur mascotte) au gros oiseau du lac. Lorsqu'ils le voyaient s'envoler avec sa proie, ou seulement la guetter en faisant des ronds en l'air, ou même lorsque l'oiseau attendait sur une branche, comme un gros fruit, ils s'envoyaient des signaux en parlant tout bas. Une sorte d'engouement pour l'ornithologie s'était emparé d'eux. Plusieurs avaient acheté des jumelles ; ils consultaient des guides ; le midi, avec les morceaux de bois inutiles, ils bâtissaient des mangeoires. Lorsqu'ils livraient leurs commandes, les fournisseurs se grattaient la tête devant ce phénomène, en riaient parfois, et d'autres fois repartaient touchés.

Puis, un lundi matin, un employé a aperçu le cadavre du balbuzard couché au milieu des quenouilles. Dominic s'est tout de suite précipité sur place et a senti, en voyant l'animal mort, ses jambes ramollir ; il a mis un genou dans la boue, a pris l'oiseau et s'est traîné vers la roulotte de chantier en l'étreignant. Quelqu'un a apporté un grand sac en plastique et vidé le frigo : pas une mouche ne pouvait s'approcher de la dépouille. Puis Dominic est resté seul, dans un état, selon la description qu'il en a faite ensuite, *très négatif*. Certains employés fondaient en larmes, mais Dominic se contenait et, puisque ce n'était pas dans sa nature de jeter l'éponge, il a laissé ses pensées tiédir jusqu'à ce qu'apparaisse une idée : *Et s'il restait des œufs ?* Quelqu'un devait tout de suite examiner le nid. Le Réseau d'urgence pour la faune a reçu un appel, et Dave et Diane ont foncé à bord de l'Unité mobile.

La jeep s'est garée en faisant un nuage de sable et Dave et Diane ont sorti un canot et ce qui servirait d'incubateur mobile, une glacière munie d'une chaufferette et d'un contenant d'eau. Les employés s'attroupaient avec leurs jumelles, certains photographiaient la scène ; quant à Dominic, après avoir salué les sauveteurs, il a grimpé dans la jeep pour inspecter l'équipement (il en est ressorti rassuré).

Dave et Diane ont pagayé de longues minutes, puis attaché leur canot à la branche en T avant de se dresser lentement (sans chavirer !) et d'approcher leur menton du rebord du nid. Ô ! mais qu'imaginaient-ils sur la berge, les anxieux, les impatients, les tremblotants et trépigneurs ouvriers et collaborateurs des Développements Nordev, pris de passion pour un balbuzard pêcheur – aucun n'avait autant respecté un oiseau avant, ou souffert en apprenant qu'un oiseau était mort, ou souhaité intérieurement qu'un oiseau ait pondu ! Et quand Diane, debout dans le canot, a plongé sa main dans le nid, ce ne sont pas des œufs, mais plutôt un, puis deux, puis trois oisillons que les employés sur la plage ont vus passer (par leurs jumelles) du nid vers l'incubateur : incroyable, mais il restait, malgré tout, encore quelque chose à sauver ! Ça brillait : l'espoir !

La jeep est repartie emportant la nichée, au chaud dans son incubateur, et la mère dans un sac. Pour elle :

inhumation dans la forêt (selon un rituel que je ne découvrirais que plus tard). Pour les oisillons : retour à la nature, mais ils devaient d'abord passer par un processus de réhabilitation au Refuge.

Dominic de Nordev a fait un chèque au Réseau qui a permis d'embaucher Douglas, une connaissance du Dr Denis. Celui-là s'intéressait apparemment aux rapaces et, quoique dépourvu de toute expérience dans le soin aux oiseaux, avait démontré pour le projet un enthousiasme débordant.

La réhabilitation de balbuzards pêcheurs est une affaire ardue. Entre autres, ceux-ci ne mangent rien d'autre que quelques poissons frais du jour réduits en purée. Mais surtout, il faut à tout prix leur cacher l'essentiel : ils ne doivent strictement jamais remarquer qu'ils ont quitté le nid et que des humains prennent soin d'eux. Comment faire ? Douglas en avait une idée vague, mais il s'est mis à lire sur le sujet et, après avoir comparé les différentes expériences, a bricolé une « mère balbuzard » à partir d'un faux crâne d'aigle à mâchoire articulée recouvert d'une chaussette blanche (comme une marionnette). Son bec pouvait contenir de la purée et une caméra dans l'œil relayait les images au marionnettiste, complètement invisible derrière. Douglas, qui n'avait jamais rien fait de ses mains, sauf un peu de guitare et d'horticulture, a fabriqué la marionnette en trois jours. Il a accroché aux cages une sorte de périscope camouflé dans le gros feuillage afin d'observer l'état des oiseaux. (Dave adorait les observer, sauf pour la déception de ne pouvoir les prendre : *Ah, si je pouvais me glisser dans la peau d'une mère balbuzard !*, disait-il.) Et de cette manière, les petits se croyaient chez eux et à aucun moment ne soupçonnaient la réalité.

Le contraire aurait été très dangereux. Trop de contact avec l'homme imprègne un animal, qui risque de développer progressivement des aberrations irréversibles de comportement. Il peut prendre pour sa mère une chose qu'il aperçoit par hasard et l'imiter ensuite jusqu'à la fin de ses jours. Être imprégné, ça signifie naître balbuzard, mais croire que l'on est autre chose : un humain volant, une variété de chat, un chapeau avec une longue plume. Un animal imprégné devient imprévisible puisqu'il a cessé d'obéir à sa nature. Il peut se produire, par exemple, que vous relâchiez un aigle et qu'après un temps il attaque un couple qui jardine sur son balcon ou qu'il griffe un enfant au visage parce que, désormais libre, votre aigle affamé exige sa moulée. *L'animal dénaturé doit être maintenu captif*, affirmait d'ailleurs le Réseau d'urgence pour la faune dans ses prospectus.

Au bout d'un mois, l'un des trois petits balbuzards est mort à force de gratter le grillage. Il s'est ouvert une patte et l'infection s'est répandue en quelques heures. C'était, par malheur, *notre champion*, selon Dominic, son préféré, le plus vigoureux du lot. À partir de là, Douglas s'est complètement démené. Il restait nuit et jour l'œil dans le périscope et construisait en parallèle de nouvelles volières plus vastes, avec un étang d'eau et un cèdre nain. Et grâce à ses soins, les deux autres ont grossi, sorti leurs plumes et appris les rudiments du vol. Les préparatifs du lâcher se sont accélérés : Dominic a lancé le concours « Nommez les balbuzards » ; le public a proposé Flocon et Tonnerre. On a fixé la date pour le lâcher qui devait impérativement avoir lieu là, sur le bord du lac où ils étaient nés – on s'attendait en effet, chez Nordev, à ce que l'un des petits réintègre le nid laissé vide de manière tragique par la maman balbuzard.

La malchance s'est acharnée, de nouveau, quelques jours avant le lâcher. Douglas – que tout le monde avait oublié, tant il ne sortait plus du hangar où voletaient les oiseaux – a remarqué un kyste énorme sur son aine, ce qui l'a rappelé d'urgence chez lui. Personne ne savait plus quoi faire des petits, ni comment s'opérait la marionnette « maman » ni comment s'entretenaient dans la discrétion les cages. Flocon et Tonnerre ont quand même traversé les trois jours, Douglas téléphonait toutes les deux heures pour prendre des nouvelles (une semaine plus tard, il subissait son opération) et un matin, à l'aube, nous avons convergé, cinquante et quelques personnes, au bord du lac. Nous formions un demi-cercle autour des boîtes servant au lâcher. Le vent faisait des vaguelettes. Une nuée de mouettes s'agitait au-dessus nos têtes : mauvais présage. Évidemment, c'est après coup qu'on allait reconnaître la nature du présage. Pour l'instant, il ne s'agissait que de mouettes dessinant une forme indistincte dans le ciel, comme une tache qui bougeait en planant et qui piaillait sans s'interrompre, en larguant quelques fientes. Mais après un temps, elles se sont posées plus loin et nous avons pu accorder toute l'attention qu'ils méritaient aux deux rapaces à relâcher.

Flocon, d'abord, a retrouvé l'air libre. Le Dr Denis et Dominic ont trottiné jusqu'à la boîte, que le premier a maintenue pour qu'elle reste stable, tandis que le second tirait le loquet et ouvrait la porte. Flocon nous a alors montré sa tête : un air de rapace endormi, la tête hirsute, qui inspectait furtivement les alentours. Nous nous tenions à distance, silencieux, pour éviter d'interférer dans le processus. Il a titubé sur un mètre, comme aveugle, puis ouvert ses ailes puissantes et pris son envol au-dessus du lac. *Il va vers le sud*, a commenté Diane, assise devant l'écran où clignotait le point émis par la bague de Flocon. Quand il a disparu, la foule a lâché un grand soupir, des applaudissements ont retenti par endroits, et l'attention s'est tournée vers la seconde boîte.

Dans celle-ci attendait Tonnerre. Au contraire de Flocon, aussitôt la boîte ouverte, il en a jailli et s'est mis à battre des ailes – un battement féroce qui faisait voler la poussière – tout en fixant notre groupe du regard. Puis un cri ! Il a poussé un cri comme une longue toux grasse – un son tellement anormal que nous avons reculé de deux pas au moins, tandis que lui ne nous quittait pas des yeux et battait des ailes. Puis il s'est calmé. Il a marché un peu. Quelqu'un a murmuré qu'il faisait son territoire, plusieurs espéraient qu'il adopte la plage et retourne au nid. Nous scrutions ses déplacements. Lui a commencé à nous ignorer, puis, après avoir fouillé le sol avec son bec, il a subitement décollé vers le ciel. Sauf qu'il volait lourdement à basse altitude – il n'a fait que voleter, à vrai dire, puis il s'est laissé planer, pour atterrir à peine plus loin, en face du groupe de mouettes. Là, de nouveau, Tonnerre a lancé son cri malade. Et les mouettes, à l'entendre, sont devenues comme excitées, lançant des sons stridents, s'envolant dans tous les sens. Elles ont encerclé Tonnerre, tandis que lui ne bougeait pas – alors qu'il entreprenait de se gratter la patte, en fait : quelque chose devait le démanger. Et nous voyions les mouettes l'encercler de plus en plus près. Il aurait fallu immédiatement s'avancer pour faire fuir les mouettes, mais nous observions de loin – difficile de discerner ce qui se passait, mieux aussi de rester à l'écart, de ne pas interférer pendant le lâcher. Alors, les mouettes ont fondu sur Tonnerre, l'ont lacéré à coups de bec, ont déchiré sa chair, arraché ses plumes et crevé ses yeux – lui, trop faible pour répliquer ou trop surpris par la violence et la nouveauté, s'est laissé tuer sans se battre. Les mouettes ont disparu quand nous avons accouru, formant un cercle au-dessus de Tonnerre, couché dans le sable, carcasse sans plumes qui ne respirait plus.

Les bénévoles du Réseau sont tombés dans un état morne, même lugubre pendant plusieurs jours ensuite. Ils ne mangeaient plus, dormaient beaucoup et passaient le reste du temps l'air absent : ils laissaient le balai au milieu de la pièce, fixaient pendant des heures l'écran d'ordinateur, changeaient trois fois de suite l'eau des oiseaux… J'ai donc monté mon campement dans un hamac où personne ne viendrait me voir, afin de mener quelques réflexions.

Vraiment pourquoi, me demandais-je, s'émouvoir autant de la mort de Tonnerre ? Avec Flocon vivant, c'était un bon ratio, un sur trois : les balbuzards pêcheurs, de tous les oiseaux, sont parmi les plus durs à réhabiliter. Statistiquement, voilà un succès hors norme qu'il fallait énergiquement souligner plutôt que d'accorder à la mort d'un seul toute notre attention. Que pouvait-on y faire : diminué, déboussolé, en plus d'être maladroit, Tonnerre, si ça se trouve, avait un handicap de naissance – une aile trop courte ! un cœur dysfonctionnel ! une déficience mentale ! Il avait révélé ses limites au moment de voler. N'est-ce pas que, dans le nid, Flocon l'aurait mangé ? Un sur trois : il fallait se féliciter. Il y avait sûrement, dans le monde, un balbuzard pêcheur qui disparaissait chaque jour sans être vu, ne suscitant aucune réaction, sauf quand, et c'était un contexte exceptionnel, l'Homme avait tenté de le sauver d'abord. De tous les points de vue, il fallait bien convenir que s'en faire autant pour lui était déraisonnable.

J'ai expliqué tout ça à Dave, en vrac (pendant qu'il regardait *Jurassic Park*), en prenant mon air le plus réfléchi : j'écarquillais les yeux comme quelqu'un qui « voit », j'inspirais de grandes bouffées d'air entre les arguments. Concentré sur le film, il m'écoutait d'une oreille et m'observait parfois par-dessus l'accoudoir du divan. Ses regards étaient curieux, c'est-à-dire qu'ils exprimaient la surprise et après un moment, il m'a interrompu, lançant *bien sûr* – tout cela lui semblait évident. *C'est ce que tout le monde se dit*, a-t-il résumé, ajoutant que sa mère, qui l'avait appelé la veille, avait formulé les mêmes idées exactement – *un parmi d'autres, le plus faible sûrement, voir le bon côté.* Sauf que justement, c'était cela qui distinguait les bénévoles du Réseau : pour eux, chaque animal comptait, aucun ne devait mourir, quitte à les sauver tous. La mission n'avait de sens qu'en mode inconditionnel. *Sinon à quoi bon ?* Et Dave se surprenait de mon détachement, parce qu'il n'y avait pas d'autre raison, à son avis, de s'impliquer dans le Réseau, que cette tristesse terrible qui nous prend devant un animal qui agonise. Est-ce que je ressentais cela ? Je devais l'avouer : non. *Les animaux qui meurent, les animaux qui souffrent, comment dire, c'est dans la nature, qu'est-ce qu'on peut y faire ?* Et de là, Dave, très sincère, m'a lancé *tant mieux pour toi.* Et je suis reparti complètement stupéfait par cette question de Dave, au moins autant que celui-ci l'était par la réponse que j'y avais donnée.

Et j'ai repensé à ceci, en chemin vers mon hamac, d'abord comme à un grand malentendu. Selon Dave, il fallait, pour prendre part au Réseau, se sentir solidaire de toutes les bêtes – et même plus : quand on les trouvait blessées, il fallait souffrir avec elles, et mourir avec elles (d'une certaine manière) quand on les trouvait mortes. Voilà pourquoi il les soignait. Quant à moi, je ne pouvais déterminer clairement si oui ou non j'avais pour les bêtes cette sympathie. La réponse probable : non, mais qu'en savais-je ? Je devais avouer que ce genre d'introspection m'ennuyait. Qu'y avait-il au fond de mon âme ? Qu'est-ce que je ressentais dans l'une ou l'autre situation ? Je ne considérais pas ces questions trois minutes que j'en perdais déjà le fil et m'attardais plutôt à l'empreinte étrange qu'un pas avait laissée sur le sol ou sur un caillou bleu pyramidal que je cueillis machinalement. Savoir qui j'étais m'intéressait assez peu et certainement qu'en étalant le contenu de mes poches, grâce à ce mouchoir en boule indiquant que j'avais le rhume, à mes cartes en désordre, à une facture de restaurant et à mon amas de clés, l'expert, en y consacrant le temps, aurait su expliquer plus de choses sur moi que je ne le pouvais en y pensant très fort.

Et j'aimais croire aussi que Tonnerre, s'il avait pu, aurait fait sien le parti que j'adoptais : peu importe son identité profonde, se forcer à être soi-même revient, le plus souvent, à battre des ailes, impuissant sur la rive, avant de mourir attaqué par une bande de mouettes. Il aurait peut-être bien vécu, Tonnerre, s'il avait renié son identité, captif pour toujours, cependant vivant et bien nourri dans une grande volière. Mais voilà ce qui lui a été imposé : sois toi-même, bête sauvage, envole-toi loin de nous, chasse, ponds, survis, défends ton territoire, car tel est ton désir profond, même si tu l'ignores. Tonnerre, si on le lui avait offert, qui sait s'il n'aurait pas plutôt décidé de devenir autre chose : un téléviseur, un abat-jour, une sorte de raton laveur, quoi que ce soit, bref, qui passait par là quand, ouvrant ses yeux, il se serait murmuré maman dans sa tête d'oisillon ? Au lieu de ça, un crâne dans une chaussette blanche lui a versé dessus de la purée de poisson pour faire de lui un balbuzard. Tant pis, pensais-je. Mais j'ai pris la peine, en allant me coucher, de sortir mon calepin pour y inscrire (en soulignant chaque mot) : *Sachez paisiblement ignorer qui vous êtes.* Cela, me semblait-il, résumait l'essentiel du message contenu dans les évènements récents, et c'est ce qui est venu mettre un point final à l'épisode des balbuzards pêcheurs.

9

Après le lâcher des balbuzards, une période dense de disputes et d'autocritique s'est engagée (sans moi) entre les membres du Réseau. Ils ont entrepris de retourner chaque pierre et de fouiller chaque buisson de leurs habitudes, pour voir s'ils y trouveraient un responsable ou la cause probable de la mort de Tonnerre. Il fallait à tout prix qu'ils apprennent ! Leurs journées s'éternisaient à table, au salon ou au labo, en cercle sur des tabourets, lieux de débats improvisés concernant une méthode, un protocole, de mauvais outils, des trous dans leurs techniques. Ils mesuraient soudainement le désert dans lequel ils avaient jusque-là travaillé : manque de formation, manque d'espace, manque de moyens ! Et pendant ce temps, fermée la Zoozone, la cantine affichait « Réouverture bientôt », le gazon s'allongeait, non importuné. Et désolé pour tous ceux qui trouvaient un écureuil, un rat ou une moufette à l'agonie : on dirigeait vers un vétérinaire du coin les interventions simples (espèces communes, non menacées, pas en voie d'extinction), car l'emportait sur le reste le grand auto-examen. Même Diane avait retardé ses rénovations ! Pas question, disait-elle, de voir marteau et scie, et donc courbait toujours une poutre, penchait de plus en plus le mur nord et suintait par le toit quand il pleuvait fort une eau ocre dégouttant du plafond. Mais qui l'aurait rappelée à l'ordre ? C'est ailleurs que s'égarait leur attention, dans un questionnement toujours plus vaste dont personne n'arrivait à trouver la fin et au milieu duquel flottaient, comme si c'était la mer, les bénévoles du Réseau d'urgence pour la faune.

Laissé à moi-même, je remplissais mes jours avec ce que je trouvais par hasard, comme quelqu'un qui jette dans son sac les fruits sauvages qu'il trouve en se promenant. Le vent avait apporté du temps sec, sans nuages, et un fond d'air pur et de confort. Cet air un peu satiné me glissait sur la peau, tandis que j'enchaînais balade par-dessus balade sur le terrain du Refuge, m'arrêtant pour une sieste ou pour manger à l'ombre. Puisque tout s'était interrompu, j'en profitais pour vivre dans cet état de complète disponibilité : venaient à moi des jours sans résistance à l'intérieur desquels je pénétrais facilement, et dans lesquels je glissais – sans remarquer qu'aussitôt un autre jour succédait au précédent. Et le temps s'étirait à la fois très lentement et sans que je le sente passer, comme un souffle d'air tiède et délicat.

En début de journée, j'allais dans la Zoozone prendre Moxie dans la cage où elle dormait. Je l'installais sur l'herbe et, muni d'une tasse remplie de croquettes, je jouais à lance-croquettes. Ou bien, je posais une croquette sur un rondin et elle grimpait, non sans difficulté, avec des gestes empêchés par sa poitrine. Ensuite, Moxie ayant réintégré sa cage, j'attrapais un seau rempli de pommes et de carottes et, à l'aide d'un escabeau, je franchissais la clôture électrique de l'enclos à chevreuils. Là, je distribuais la nourriture avant de m'enfoncer au cœur de l'enclos où coulait un ruisseau. Une surface plane broutée par les chevreuils offrait le lieu idéal pour s'étendre un moment. L'eau du ruisseau se buvait telle quelle, même sans les mains, en s'étendant sur la rive. Comme cette eau était froide ! Quand on en buvait, la gorgée passait du ruisseau au ventre, traçant son chemin glacé dans l'œsophage. (Comme si l'on devenait une bifurcation du ruisseau ! Ah, quand la bouche offre un embranchement, même s'il est momentané, à un cours d'eau qui coule, l'humain devient comme un morceau de la géographie !)

Après un temps passé à bronzer, couché, le bras placé en travers des yeux pour les protéger du soleil, je me suis levé et, comme momentanément soûl – disons embrouillé après être resté dans la même position plusieurs heures –, j'ai dû me rasseoir et rassembler les idées qui traînaient dans ma tête. Je m'extirpais d'un rêve particulièrement ensorceleur. J'avais fait le genre de rêve où un environnement prodigieux vous entraîne dans une série de ravissements – où, par exemple, vous emménagez dans une villa et amorcez une vie tournée vers les éléments. L'eau : vous profitez du lac situé en face. L'air : une fenêtre ouverte fait entrer la brise dans le grand salon où vous aimez lire. La terre : un vieux rocher devient comme un confident. Le feu : vivement l'hiver ! car les anciens occupants, de toute évidence prudents, ont bourré de bûches l'incommensurable sous-sol du domicile. J'avais fait le genre de rêve où, dans votre sous-sol, vous découvrez bizarrement trois ruchettes, un casque de filet, une combinaison blanche et mille accessoires pour élever des abeilles. Et peu de temps après, vous voici apiculteur ! Ou alors vous sentez de votre corps émaner une vie qui se renouvelle : de sous vos pas des fleurs surgissent, les fruits tombent dans vos mains, les colibris vous suivent, vous enjambez les frais ruisseaux et les antiques souches. Ça sent toujours le lilas. Dans ce genre de vision qui vous transforme, par exemple, en berger dans les montagnes, chroniqueur plein air pour un magazine, facteur dans un village ou professeur de surf, le côté vagabond de votre esprit s'anime, multiplie les jeux et les fantaisies et, au milieu de toutes les images saugrenues qu'il se met à générer, comme fiévreux, votre esprit s'accroche à quelque chose d'évocateur, une idée, une aventure qui sans raison le séduit et qui reste un long moment ensuite collée dans votre tête.

Me réveillant d'un tel rêve, j'ai donc aperçu – alors que se dissipait l'image d'un jardin, d'une cascade et d'un âne sommeillant dans les fleurs – le contour assez net d'un projet. Immédiatement, ce projet, j'ai eu envie de l'entreprendre. Il fallait à tout prix, ai-je décidé d'un seul coup, aménager un grand bassin naturel dans un coude du ruisseau en taillant un trou rond. Il suffirait d'un obstacle, d'un barrage. L'eau devrait monter dans le bassin, puis stagner là, pour se faire tiède grâce aux rayons du soleil. Et de cette manière, j'allais créer un lieu de baignade ! J'allais construire une maisonnette pour servir de vestiaire – et peut-être la munir d'une douche pompant l'eau de source à l'aide d'une manivelle ? Et j'ajouterais un joli pont. À sa base, il serait simple de disposer des planches, lesquelles agiraient à la manière d'un sas, d'une écluse, pour contrôler la profondeur de l'eau. Le pont servirait même de rampe d'accès sécuritaire pour les handicapés, qui entreraient dans le bassin avec leurs supports et leurs harnais de toutes sortes, en empruntant à partir du pont une jetée.

J'ai tracé sur place un croquis, dessiné les gens qui en peupleraient l'espace (installés sur des chaises ou debout, une serviette jetée sur les épaules) et fait la liste des outils et des matériaux dont j'aurais besoin. Puis j'ai filé au Refuge pour ramener tout ça dans une brouette. Après coup, bien sûr, j'ai noté que cette rêverie en entier et tout le projet que j'en avais tiré n'auraient pu jaillir à aucun autre moment, parce que le bouchon du pessimisme les en aurait empêchés. Seulement là, quand soufflait sur moi une brise tiède et que je pouvais enchaîner du matin au soir les siestes en plein air, un tel dessein avait pu émerger et m'entraîner irrésistiblement avec lui – mais cela ne pouvait se produire qu'au gré de certaines circonstances favorables ; celles-ci, par conséquent, sont la cause des mésaventures qui ont suivi.

Après avoir transporté les outils à la brouette jusqu'au chantier pendant une heure, j'ai commencé l'élargissement du ruisseau : les pieds dans l'eau glacée, avec ma pelle, rognant des bouts de berge. Il en tombait parfois de gros morceaux quand, par hasard, j'attaquais une terre molle, mais le plus souvent, après vingt coups de pelle, je n'arrivais à détacher qu'une petite motte – si petite qu'elle avait l'air d'une patate : elle tombait en faisant ploc et l'eau du ruisseau l'amenait loin dans son courant puissant. Et plus j'écorchais la rive, plus je cognais du dur. C'est qu'il y avait des pierres qui bordaient le ruisseau, des roches immenses incrustées dans la terre. Ne dit-on pas qu'à l'origine du monde il n'y avait que des roches monstrueuses – peut-être même une seule roche qui s'est par la suite cassée puis recassée et ainsi de suite, en fragments de plus en plus petits, jusqu'à ce qu'il y ait surtout de petites pierres et beaucoup de gravier, comme maintenant ? Si c'est le cas, ce ruisseau avait protégé des chocs successifs une série de témoins, des pierres énormes venues d'un temps immémorial. Nous n'appartenions pas aux mêmes ères : elles s'accordaient avec l'échelle des dinosaures, je devais les soulever à la pelle.

Puis les choses se sont encore gâtées. En m'acharnant, j'ai brisé ma pelle en deux et le manche est tombé entre deux titanesques pierres appuyées l'une sur l'autre. Elles l'ont avalé dans l'interstice ! J'ai donc plongé mon bras, mais le manche s'était glissé par malchance jusqu'au fond. Ah, il se dérobait ! Maudit bout de bois ! Cette épreuve supplémentaire achevait de m'exaspérer et j'allais remettre la fouille, la pelle, et même mon projet de bassin au lendemain lorsque j'ai constaté que je ne pouvais plus retirer mon bras. Une roche avait-elle bougé ? J'avais beau me tordre et tirer à en perdre le bras, ma main restait coincée entre les deux pierres immenses où elle était plongée. Je me retrouvais quasiment accroupi, jusqu'aux cuisses dans le ruisseau, trempé, gelé !

Le soleil tombait tranquillement et aucun de mes cris n'atteignait le Refuge.

Je voyais passer dans le crépuscule l'ombre de Joe, Annabelle et Cora, les chevreuils qui avaient cessé de faire attention à moi et qui broutaient de nouveau, insouciants, à côté de mon chantier. Ah ! mon chantier ! Je comprenais maintenant comment l'enthousiasme, la sérénité et la confiance naïve en l'avenir m'avaient mené directement dans ce piège. Le froid pénétrait tranquillement ma peau, abaissait la température de mes muscles, se communiquait aux nerfs et au cartilage, me révélant mon anatomie, comme lorsqu'on avale par mégarde un petit objet dur qui nous fait ressentir les méandres de notre tube digestif.

Je me suis débattu pendant plus de trois heures pour enfin déplacer l'une des pierres et sortir.

En m'extrayant de l'eau, je me suis écroulé sur la berge ; j'étais devenu bleu sur la moitié du corps ; c'est en rampant que j'ai pris le chemin interminable qui me ramenait à l'intérieur. Une fois arrivé, j'ai retrouvé mon lit et dormi non sans grelotter du froid accumulé.

J'ai dû passer les jours suivants au lit, fiévreux, à tousser férocement dans mon sommeil, étendu sous d'épaisses couvertures de laine, la tête sur de gros coussins brodés. Dave et Diane passaient à tour de rôle. Ils traînaient dans ma chambre, les mains dans les poches, et monologuaient sur la mort de Tonnerre en s'adressant chaque fois un nouveau reproche, en tirant de chaque constat un enseignement supplémentaire. Moi, je regardais filer le beau temps par la fenêtre en tenant dans mes mains mon bloc-notes entrouvert au cas où, dans ma convalescence, une idée m'apparaîtrait. Mais ce quotidien a été perturbé quarante-huit heures plus tard par une triste découverte qui a administré à tous les membres du Réseau une grande gifle – celle du péril imminent – et un pincement vigoureux – celui qui accompagne le spectacle de sa propre vulnérabilité.

Un matin, le Dr Denis est entré au labo et a trouvé un désordre de fioles brisées et de papiers répandus sur le sol. Une porte avait été forcée ; un tournevis abandonné à côté de celle-ci montrait qu'il avait suffi d'attaquer la serrure avec cet outil simple. Et le laboratoire avait été à la fois vidé de ses plus précieux documents et systématiquement démoli. Dans le frigo renversé, les échantillons coulaient, les liquides se répandaient sur des feuilles (le peu qui subsistait des archives) ; partout le papier baignait dans l'eau et se changeait en pâte de documents mouillés. *Attention*, a prévenu le docteur en nous voyant, *c'est comme marcher sur la glaise.* Il se tenait sur une pile particulièrement précaire de feuilles en désordre et contemplait les résultats du cambriolage en remuant les lèvres en silence. Après un moment, il a fait un grand geste pour désigner le labo et s'est exclamé, en guise d'explication : *Ils sont venus pour l'acné !* Tout ce qui manquait, en effet, avait un lien avec l'épidémie : dossiers sur les animaux atteints, échantillons, notes. Avec les autres bénévoles, je titubais sur les amoncellements de feuilles en me frottant les yeux (je sortais à peine du lit et ne portais d'ailleurs qu'un pyjama !). Sur ces entrefaites, Diane, qui avait décidé, tandis que nous constations encore les dégâts, de jeter un coup d'œil à la Zoozone, a lancé un appel et dans sa voix paraissait un tel sentiment d'urgence que nous avons immédiatement couru la rejoindre.

Diane se tenait devant une cage vide. Ç'aurait pu être une colonne où manquait une statue, ou le blanc d'un mur après un vol de tableau, car on voyait tout de suite ce qui justement manquait – qui aurait dû normalement voleter dans sa cage, agiter son pelage brun et son nez retroussé, exhiber sa peau mince constellée de boutons. Titi la chauve-souris ! Le rôdeur ou un autre l'avait tout simplement enlevée – et ce, sans effort : Diane a montré la serrure qu'il avait suffi de crocheter et une seringue par terre, suggérant que Titi avait été droguée par son ravisseur. *Et comme si ça ne suffisait pas*, a-t-elle repris, *je crois que la chatte greffée manque aussi.* Elle nous a entraînés à l'autre bout de la Zoozone, où nous avons pu observer, en effet, qu'une cage bâillait là où se trouvait auparavant Moxie. Diane marmonnait en donnant des coups de pied dans le vide. *Trop c'est trop ! On ne kidnappe pas les animaux malades !*

Après la confusion, le docteur a repris son sang-froid et s'est mis à confier des tâches autour de lui, en pivotant comme un système d'arrosage sur la pelouse qui aspergerait, non pas d'eau, mais de missions, les personnes situées dans sa circonférence. *Pas d'autres disparus ?*, demandait-il. *A-t-on une liste de nos animaux ?* Il a envoyé Diane recenser les cages, demandé à Dave d'examiner la seringue – le principal indice trouvé par terre – et désigné quelques bénévoles pour nettoyer les dégâts. Mais Diane conservait cet air grave et assombri qui s'était installé sur son visage depuis le matin, et on la voyait qui se parlait à elle-même tandis qu'elle inventoriait les cages et les bocaux et qu'elle cochait des noms sur la liste des animaux.

Plus tard, elle est montée me rejoindre et s'est assise au bord du lit où, à cause de ma toux, j'allais être obligé de passer encore quelques jours. Quelqu'un avait profité de notre nonchalance, concluait-elle, encore furieuse après le nettoyage. Selon elle, le Réseau n'était qu'un club de naïfs, des bonshommes gonflables avec un gros sourire, officiellement dévoués à la cause des bêtes sauvages, mais en réalité simplement bienheureux et incapables de protéger la nature lorsqu'un danger l'assiégeait. Rien n'avait préparé le Réseau au rôdeur. Elle et les autres s'étaient raconté des histoires, ils avaient mis des fleurs partout, des petits oiseaux partout, pendant qu'autour d'eux se préparaient des catastrophes immenses et furetaient des individus cruels. *Des gens ont du sang sur les mains. Mais on s'imaginait qu'ils portaient des gants roses !* Le Réseau devait se débarrasser de son attitude débonnaire, croyait-elle.

Comme moi, l'ai-je interrompue, apercevant soudain dans mes propres mésaventures une signification. C'était, ai-je expliqué, le fait de voir le monde spontanément plus hospitalier qu'il ne l'est, plus généreux et plus bienveillant, qui m'avait poussé dans mon projet et m'en avait fait ignorer les dangers. Diane acquiesçait vivement. N'est-ce pas, disait-elle, que tout le monde achète des boîtes de thon, et ce faisant, garde l'esprit tranquille, parce que l'emballage annonce « ami des dauphins » ? Mais ça ne change rien ! Des dauphins se prennent et meurent victimes de la pêche au thon tous les jours. Et les gens trient aussi soigneusement leur recyclage avant de le déposer sur le trottoir, pensant bien faire jusqu'au jour où un reportage télé montre qu'en fait, les camions déchargent de manière indifférenciée toutes les matières au dépotoir. *Tout un tas de mensonges !* Elle voyait partout cette illusion que les choses s'améliorent, un piège dans lequel tant de gens se laissent prendre et qui les pousse vers des gestes optimistes et inconsidérés. Comme nous étions tous à plaindre ! Diane concluait ainsi sa réflexion.

Moi je la concluais en des mots différents. Certes, le fait d'être en paix installe un état d'esprit fertile, une sensation d'où jaillissent, comme les langues de feu d'une éruption solaire, des visions fantastiques. C'est pourquoi il faut rester attentif. Les fantasmes nés dans ces moments de grâce ressemblent à des ballons gonflés à l'hélium : ils sont légers, ils dérivent dans les airs et, parfois, ils aboutissent dans le ventre d'un animal croyant qu'il s'agit de nourriture. Il faut donc les garder attachés à l'aide d'un ruban et quand ils s'échappent, les poursuivre, les saisir rapidement et les crever pour limiter les dégâts. Voilà ce qu'il faut faire avec ce qui jaillit de vous quand, spécialement détendu, vous contemplez le monde en pensant qu'il est le reflet de votre propre quiétude. Alors que la nuit tombait sur mon deuxième jour au lit, laissé seul, j'ai ouvert mon bloc-notes et inscrit, afin de la conserver, cette leçon des derniers jours – *Pourchassez les fantasmes nés de la paix intérieure* –, puis je me suis endormi en toussant, le front humide, sur un immense coussin, emmitouflé sous l'édredon.

10

L'affaire du cambriolage a très vite rebondi.

Quelques jours plus tard, un collaborateur du Dr Denis a récupéré dans le marécage du lac Jacques des centaines de feuilles éparpillées. Elles flottaient dans la boue, disséminées parmi les plantes aquatiques ; leur entête « Réseau d'urgence pour la faune » en révélait clairement l'origine. L'homme qui les avait découvertes s'appelait Robert et il exploitait une usine d'aliments surgelés sur le bord du marécage.

Comme d'autres, il avait pris l'habitude de marcher dans cette plaine boueuse.

Le marécage du lac Jacques offrait, en quelque sorte, un concentré de surprises et d'aventures à quelques pas des zones habitées : coincé entre deux sorties d'autoroute, suspendu dans une sorte d'ambiguïté foncière, il n'appartenait à personne ; y entrait plus ou moins qui le voulait ; chacun était libre d'y faire ce qui ailleurs était interdit ; toutes les eaux malpropres et les déchets encombrants de la région s'y accumulaient. Le marécage formait un immense labyrinthe de roseaux, de monticules et de surfaces d'eau stagnante où flottaient des pneus et rouillaient de vieux frigos. Et c'est là, dans cette espèce d'enclave dédiée aux déchets et aux mystères, que quelques-uns des documents volés avaient été aperçus.

Dès l'annonce de la nouvelle, le Réseau s'est mis en branle : le docteur a envoyé chercher des cartes du marécage et il a convoqué une douzaine de bénévoles supplémentaires ; une heure plus tard, tout le monde achevait à la hâte d'embarquer son maillot, ses bottes, un râteau, des jumelles ou une épuisette dans un des véhicules : le Réseau allait procéder à une grande battue ! Titi et Moxie pouvaient bien avoir été balancées en même temps que les documents volés dans les eaux boueuses, et il y avait une bonne probabilité que le rôdeur lui-même s'y trouve encore. Tous réunis, les bénévoles ne manqueraient pas de lui mettre le grappin dessus !

Moi, je restais encore préventivement au lit, car je devais reprendre des forces après mon rhume. Des bénévoles m'avaient servi un grand bol de framboises sauvages que j'avalais en feuilletant *Regard animal*, une revue zoologique. Mes draps sentaient l'air pur du dehors. Dave, accroupi près de mon lit, bavardait avec moi en achevant de préparer son sac pendant que Diane sifflotait dans le corridor et passait sa tête par la porte pour nous lancer des blagues. Cette battue du marécage les enthousiasmait. Après des jours de déprime, ils retrouvaient enfin l'impression de commencer quelque chose, et ce nouveau départ transformait les préparatifs en une fête remplie d'éclats de rire.

Dave et Diane s'abandonnaient donc depuis un bon moment à cet improductif enthousiasme du commencement, quand la voix du docteur a résonné : *On part !* – il attendait avec le reste du groupe près des véhicules et s'apprêtait à embarquer. Dave s'est mis à réunir les objets qu'il avait apportés dans ma chambre, puis, en lançant son sac par terre, il a poussé un long soupir. *Dommage que tu ne viennes pas au marécage*, a-t-il fait en s'asseyant au bout de mon lit. *Je t'aurais montré mon algue !* J'ai cru qu'il plaisantait : de quelle algue parlait-il ? D'une algue que l'on pouvait observer dans le marécage du lac Jacques, m'a-t-il expliqué, et que lui, Dave, avait découverte au milieu d'un parc national, quelques années plus tôt. *C'était même avant le Réseau d'urgence pour la faune. Diane et moi, on était membres de la Fondation Arc-en-ciel.*

Dave participait alors à un inventaire des plantes et passait ses journées dans un marais puant, un trou étroit au milieu des conifères. Ce marais regorgeait de plantes vertes et coriaces, formant des toiles, des nœuds, des boules et des monticules : le plus indémêlable amas de flore aquatique qu'il ait jamais contemplé, se rappelait-il. Les jambes à moitié enfoncées dans la boue gluante, quelques vieux troncs exhalant leur pourriture juste sous ses narines, il extirpait des racines, effeuillait et découpait des tiges, puis disposait le résultat de sa cueillette sur un fond blanc, déclenchait l'appareil photo, inscrivait quelques notes. Ce marais à lui seul comportait des dizaines d'espèces et, pour chaque photo, il devait passer de longues minutes dans un guide illustré de la flore des marais, avant d'y ajouter le nom de la plante photographiée et de la ranger, selon le cas, dans le dossier « plantes communes » ou dans le dossier « plantes vulnérables ».

J'ai tellement détesté faire cet inventaire !, se rappelait Dave – au point où, à la fin, il s'amusait à arracher de grosses mottes d'algues et à les lancer autour de lui ou à les accrocher sur les branches des conifères, comme des guirlandes, ou encore à s'en faire de longs foulards qu'il laissait pendre jusque dans l'eau. Et dans un de ces moments de dépit les plus avancés, alors qu'il croyait ne jamais parvenir à dénombrer toutes les algues de ce trou, un petit pompon jaunâtre lui a sauté au visage.

J'ai tout de suite deviné que cette algue était inconnue ! Je l'ai mise dans un pot et je l'ai apportée à un biologiste que l'on connaissait.

Dave essayait de se remémorer le nom de son algue : c'était quelque chose comme *agragolustucre* – le nom exact lui échappait. Il a appelé Diane, mais elle en conservait aussi un souvenir confus. *C'était il y a tellement longtemps !* Elle revoyait vaguement l'allure de la plante. *Un petit tas de tiges jaunes, n'est-ce pas ? Qui flottait à la surface de l'eau ? Et dire qu'à une certaine époque, nous voulions sauver une forêt grâce à cette algue !* Les quelques spécimens qu'ils avaient observés avaient entre-temps probablement disparu.

Diane s'est approchée de moi et, après avoir scruté mon visage, elle a posé la main sur mon front. *La fièvre est terminée*, a-t-elle déclaré. Je constatais en effet que je ne ressentais pas les courbatures, ni la toux, ni les sueurs froides qui m'avaient poursuivi depuis quelques jours. Une fois extrait du lit, je me découvrais même gonflé à bloc, comme si, après le retrait des symptômes, mon corps, reposé à l'extrême, était redevenu particulièrement prêt à bondir. Dans ces circonstances, nous avons tous trois convenu que je devais impérativement participer aux recherches ; j'ai donc préparé mes bagages et, pendant que je repérais mes chaussettes de rechange, Dave a rejoint le docteur pour lui demander de nous attendre un moment.

Diane se tenait debout près de moi. Elle s'est mise à me raconter le reste de l'histoire de l'algue.

La Fondation Arc-en-ciel, m'a-t-elle expliqué, avait comme mission de sensibiliser les visiteurs d'un parc national aux pratiques de l'écocamping. Les cinq membres du groupe arrêtaient les passants dans le stationnement, discutaient avec eux et leur remettaient un dépliant – le problème, se rappelait Diane, c'est que la plupart des visiteurs ignoraient leurs recommandations et les membres de la Fondation devaient passer l'essentiel de leur temps à sermonner les gens qui se baignaient dans les ruisseaux ou qui laissaient leur enfant pourchasser les perdrix.

La Fondation avait donc changé d'approche. Diane les avait convaincus de miser sur la biodiversité en leur expliquant que le parc regorgeait probablement d'espèces menacées (elle avait lu que l'on pouvait dénicher une espèce menacée à peu près n'importe où). Les cinq Arc-en-ciel avaient donc lancé un vaste inventaire floristique dans le but d'identifier quelques plantes vulnérables et de convaincre les administrateurs du parc de créer des « zones nature », interdites aux visiteurs. Quand Dave avait mis la main sur une algue inconnue, ils s'étaient exclamés *Bingo !* : on ne pouvait quand même pas mettre en danger une espèce dont on ignorait jusqu'au nom !

Les membres de la Fondation avaient donc vendu des macarons à l'effigie de l'algue et faisaient signer une pétition à l'entrée du parc. Cette opération donnait quelques résultats encourageants quand, un matin, sans prévenir, six tracteurs ont pénétré dans le parc avec l'intention (officiellement dévoilée l'après-midi même par le maire et le député) d'élargir les sentiers et d'installer des rampes et des zones de pique-nique. Le parc se faisait accueillant pour les familles, expliquait le communiqué de presse. On le dotait d'équipements à la hauteur des normes actuelles de la randonnée. Mais les travaux affectaient directement le marais où poussait l'algue mystérieuse ! Dave et Diane ont abandonné la lutte. *Nos efforts n'avaient servi à rien ! Il était temps de changer d'organisme.*

Nous avons filé vers le rez-de-chaussée, les bras chargés, tandis que le docteur klaxonnait pour que nous accélérions. Mais Dave s'est rappelé qu'il lui manquait un sac de couchage imperméable et tandis qu'il remontait, Diane a déposé son sac et en a profité pour terminer son histoire. *Une fois Dave et moi partis, les trois autres n'ont pas lâché. Ils ont disparu tout l'hiver et au printemps, ils sont passés en mode contre-attaque. Ils ont creusé une tranchée de quatre mètres de profondeur, près d'un sentier où passaient des cyclotouristes, d'où ils ne sont à peu près plus sortis. Et de là, ils ont attaqué les randonneurs.* Le premier cycliste qui a pu raconter la chose avait reçu en plein visage une grosse motte de terre qui l'avait fait basculer et tomber sur son bras. Un scénario similaire s'est répété quotidiennement, parfois avec des roches ou des morceaux de bois, parfois avec des restes de repas. Pendant des jours, ils n'ont fait que ça : agresser les randonneurs de manière désordonnée, à partir de leur trou, sans rien demander ni offrir pour leur geste la moindre explication.

Tout ça, évidemment, s'est terminé quand la police a surpris les trois Arc-en-ciel en action. Ils n'ont rien nié ; dès leur arrestation, même, ils ont revendiqué tous les projectiles envoyés depuis la création du parc. Leur procès s'est déroulé très rapidement. Plutôt que de faire, comme plusieurs s'y attendaient, des déclarations élaborées sur la conservation de la nature, ils se sont contentés d'expliquer que ça les amusait de lancer des mottes de terre et que, voulant poursuivre leur mission de gardiens du parc, ils avaient décidé cette fois de se faire plaisir. Diane a conclu son anecdote avec un épilogue : sortis de prison, ses trois ex-camarades sont revenus presque au même endroit et ont repris leurs activités, si bien que des cyclistes s'y prennent encore des mottes de terre sur le nez.

Il a fallu du temps pour que Dave redescende finalement, tenant dans ses mains un sac de couchage fluo où il avait rangé ses affaires, et nous avons pris la route en trombe, nos véhicules formant un long cortège. Nous partions en battue ! Il y avait dans l'air une certaine odeur d'expectative et, sur tous les visages à l'embarquement, j'avais reconnu des signes d'inquiétude. Est-ce que ce sera dangereux ? Pourrait-il y avoir un homme armé ? Ou bien y aura-t-il des pièges ? Et s'il nous déjouait encore ? Et s'il ne faisait au fond que détourner notre attention ?

Mais au milieu de tous ces murmures nerveux, je me disais : pensons à quelque chose d'autre. Pensons, par exemple, à la trajectoire très précise d'une motte de terre qui percute en plein front un cycliste et à sa désintégration en infinis et tout petits morceaux de sol, glissant sur le visage, recouvrant le gilet et les cuissards du cycliste (et celui-ci : à l'arrêt, désorienté). C'était probablement un geste répréhensible. Mais comment ne pas comprendre ceux qui l'avaient posé ? Déçus par leurs semblables qui s'obstinaient à salir la forêt et apparemment impuissants devant toute cette malveillance, ils avaient été poussés dans leurs derniers retranchements. À cette étape, il ne leur restait plus qu'à s'abandonner à leurs plus redoutables et sinistres inclinations afin de rompre clairement avec le reste de la société. Ils avaient été contraints à nuire.

Faut-il chercher bien loin les malheureux qui s'adonnent ainsi à la destruction quand ils sont malmenés jusqu'à leurs ultimes limites ? Bien sûr que non ! Il y en a partout, à commencer par les abeilles qui se donnent la mort en piquant quand elles se savent condamnées. Voilà le paroxysme du geste nuisible ! Car l'abeille se rendra jusqu'à la mort pour vous faire sursauter violemment et courir dans tous les sens en poussant une longue plainte ! Elle se départira de sa vie simplement pour vous être désagréable ! Évidemment, ce sacrifice traduit aussi un manque de moyens. Si elle pouvait nuire d'une manière qui lui serait agréable – comme un pigeon, par exemple, en déféquant sur la foule –, elle opterait pour cette astuce. Si les abeilles savaient former des nuées et déféquer en masse, on les regarderait autrement. Et si les abeilles savaient lancer des mottes de terre, ça changerait l'atmosphère dans les prés.

C'est pourquoi nous devons, ai-je alors pensé, faire autant que possible coïncider le potentiel réjouissant d'une action avec son effet néfaste. C'est de cette manière seulement que nous trouvons l'enthousiasme nécessaire pour perpétrer nos saccages : en puisant dans nos caprices, en cherchant dans le répertoire de nos envies, nous commettons les méfaits qui expriment sans équivoque notre rejet du monde. Faites de votre manière de nuire votre manière de vous amuser : voilà la règle que s'étaient probablement donnée les membres restants de la Fondation Arc-en-ciel. Et, tandis que quelques nuages épais s'étaient amassés et laissaient soudain tomber sur nous une averse épaisse et tiède, je me suis laissé aller à réfléchir négligemment à cette anecdote, les mains derrière la tête, appuyé sur la carrosserie de la jeep, dont les balancements apaisaient le groupe en route vers le marécage.

11

En descendant de son véhicule, le Dr Denis nous a rassemblés au pied d'un ponceau sous lequel un ruisseau boueux et malodorant déversait ses eaux dans le grand marécage. *Ça sent les vieux tuyaux*, a grommelé Diane – nous attendions les instructions sur la rive. Une grenouille a jailli hors de l'eau ; elle a fait quelques bonds dans l'herbe, puis a entrepris de grimper sur une bouteille vide par le goulot de laquelle elle s'est engouffrée.

Le docteur s'est avancé vers nous en tendant trois sachets de plastique : à l'intérieur, les documents retrouvés par Robert dans le marais. Avec les informations réunies sur ces pages, a expliqué le docteur, n'importe quel biologiste pouvait reproduire les analyses du Réseau d'urgence pour la faune et en croiser les résultats avec les siens (les titres des documents qui nous passaient entre les mains : « Procédure pour le raclage de la peau », « Résultat des cultures microbiennes », « Rapport histologique : écureuil », « Niveau d'androgènes : porc-épic »). *Je ne comprends rien de ce qui se passe en ce moment*, a admis le docteur avec une voix tremblante, puis il a laissé planer un long silence. Nous tenions du bout des doigts les feuilles fripées dans leur sachet de plastique, subitement terrifiés par la menace dont elles manifestaient l'existence. *Mais le Réseau d'urgence pour la faune ne se laissera pas faire !*, a-t-il déclaré ; puis il a annoncé le commencement de la grande battue.

Placés à cinq mètres de distance, nous devions avancer en rang et, tous les dix pas, nous arrêter simultanément, tourner la tête vers la gauche, tourner la tête vers la droite. Si nous apercevions un objet étrange qui flottait, il fallait le signaler au docteur qui passait d'un bénévole à l'autre et lançait les trouvailles dans un bac. Puis le docteur donnait le signal de repartir, et notre ligne de bénévoles, formant un cordon de cent mètres, gigantesque râteau maladroit déployé dans la boue, avançait en trébuchant sur les pneus et les quenouilles.

Il poussait dans ce marais de tout : de longues plantes vertes, des bosquets touffus, des arbustes maigres regroupés en îlots sur des sections émergées. Plusieurs bénévoles restaient coincés dans la végétation et usaient de tous leurs membres, arrachant, écartant les tiges, enjambant, s'immisçant dans les trous pour se faire un chemin. Entre les roseaux surgissaient souvent des déchets rouillés auxquels s'accrochaient nos amples imperméables. L'eau froide entrait dans nos bottes trop courtes et la pluie, qui continuait de gagner en intensité, parvenait par des chemins détournés à nous mouiller jusqu'aux sous-vêtements.

Et tranquillement, nos jumelles repéraient, nos épuisettes puisaient et notre bac se remplissait d'objets sales et indescriptibles.

J'avais à ma droite Robert, l'homme qui était par hasard tombé sur les documents volés et qui exploitait à l'autre bout du marécage une usine de surgelés (pizzas, pâtés, lasagnes, hors-d'œuvre au jambon) – il avait d'ailleurs offert, pour la pause du midi, des croque-monsieur sortis de ses cuisines, qui nous attendaient sous les lampes chauffantes de la jeep. Robert collaborait avec le Réseau depuis la première heure : son bureau s'ouvrant sur le marécage, il contemplait tous les jours les bêtes qui y grouillaient. Fasciné par leurs allées et venues, il avait commencé à déposer des retailles de légumes dans une auge pour les nourrir – certains spécimens lui rendaient maintenant visite tous les jours. Personne, sans doute, ne connaissait mieux que lui ce marécage.

Il s'élançait à côté de moi d'un trou d'eau à l'autre, brillant par sa capacité à se glisser entre les végétaux.

Nous progressions de la sorte depuis une heure quand Robert a trouvé un gros bidon jaune qui flottait. *Regarde bien, je vais me fabriquer une tour d'observation !*, m'a-t-il annoncé. Il a poussé le bidon jusqu'à un monticule, puis a tiré de son sac un couteau militaire avec lequel il a entrepris de faucher le carex qui recouvrait l'îlot. Une fois le bidon bien calé au sommet du monticule, Robert s'est prudemment hissé dessus : incroyable comme il semblait ainsi flotter quelques centimètres au-dessus des quenouilles, en équilibre sur un disque de plastique jaune ! Et là, après avoir scruté l'horizon pendant quelques secondes, il a fait de grands gestes : *De la mousse orange ! Devant nous !*

Robert, Diane, Dave et moi avons rapidement rejoint le tas de mousse. *Pas de doute*, ai-je confirmé aux deux autres : je reconnaissais cette texture de meringue et ces reflets citrouille – nous avions devant les yeux l'écume mystérieuse, la même substance que celle qui recouvrait l'étang près duquel j'avais retrouvé Titi. Diane a sorti une fiole en pyrex qu'elle a remplie à la cuillère. *Prends aussi des photos*, a suggéré Dave en fouillant dans son sac. La pluie s'était accumulée à la surface de la mousse et y avait formé des creux et des rigoles – tout un réseau hydrique miniaturisé qui se déversait en micro-cascades jusque dans le marais.

Dans un calepin à l'abri sous nos imperméables, nous avons rapidement complété le relevé : dimensions, couleur de l'eau, odeur.

Hé, mais ce n'est pas tout, a remarqué Dave en désignant une structure à cinquante mètres de nous. *Je crois qu'on devrait aussi monter là-dessus.* Il s'agissait d'un abri de chasseur fabriqué à partir de vieilles planches et de déchets de construction, une plateforme recouverte d'un toit et sommairement camouflée à l'aide de végétaux. Assez grande pour y asseoir quatre personnes, la plateforme s'élevait dans les airs, atteignant presque la hauteur des jeunes bouleaux qui poussaient dans le marécage. Une échelle de corde pendait de la trappe en son centre.

Nous y sommes montés et avons découvert un désordre d'objets sales. La pluie s'écoulait en un filet continu sur un vieux matelas et se répandait sur le plancher où elle se mêlait aux détritus : des erlenmeyers cassés, des livres, des bonbonnes de butane, un sarrau, un scalpel, des pinces. Nous avons remué les déchets avec nos pieds, à la fois incrédules et euphoriques d'y être et de comprendre un peu mieux toute l'affaire. *Ça y est, les amis, on le tient*, résumait Dave, enthousiaste. *On a enfin mis la main sur notre homme !*

Alors, tous les bénévoles se sont rassemblés et se sont mis à butiner autour de la plateforme et du tas de mousse, scrutant sous leurs pieds, secouant les longues herbes. Tous les dix centimètres, quelqu'un a mis un doigt dans le sol, l'a enfoncé dans la boue, a gratté et inspecté la vase, et chaque fibre de tissu, chaque poil et chaque emballage de bonbon a été rangé dans un sachet individuel. Trois heures plus tard, nous classions dans la jeep le fruit de nos recherches, tandis que Dave s'activait au microscope. *Houla !*, a-t-il fait, pris de fébrilité, alors qu'il observait la mousse entre deux lamelles. *Qu'est-ce que c'est ?*, a demandé à côté le Dr Denis. *Je ne sais pas, mais ça m'a l'air très bizarre.*

Arrivait l'heure de rentrer au Refuge pour compléter les analyses ; plusieurs bénévoles gelaient dans leurs vêtements trempés et Diane craignait que la pluie n'endommage à nouveau la Zoozone. *Mais quelqu'un devra monter la garde*, a fait remarquer le docteur, *au cas où le propriétaire de l'abri reviendrait chercher ses outils.*

Ça me plaisait bien de méditer encore un peu dans ce marais touffu. Toute l'équipe du Réseau a donc filé en direction du Refuge – muni de vêtements secs et d'une cape de PVC géante, je suis retourné veiller sur la plateforme.

Une fois retraversé le marais et réinspectée la mousse, une fois hissé sur la plateforme et installé à mon poste, j'ai constaté que je ne pouvais m'asseoir nulle part : ni caisse, ni bidon vide – et je ne parle pas d'un tabouret ! Mais par chance, j'avais à ma disposition du carton dur (puisque quelques vieilles boîtes subsistaient au fond de l'abri) et, avant mon départ, Robert, se disant très préoccupé par ce qui pourrait m'arriver, m'avait cédé temporairement son poignard militaire – une lame noire de dix-sept centimètres dentelée et phosphatée, un manche de luxe tout en cuir. Ça tranchait le carton comme si c'était du poulet ! Je me suis organisé, en renforçant une boîte à l'aide de morceaux taillés, une sorte de petit banc et j'ai sorti du fond de ma poche, ni trop écrasé ni trop froid, un bout de croque-monsieur, contre toute attente exquis.

Puis je me suis détendu.

La pluie descendait du ciel dense et drue, et malgré des efforts énormes de concentration, je me laissais bercer par le son des gouttes, la multitude de plic-ploc percutant de manières diverses chaque matériau – chaque goutte produisait sa tonalité propre et formait avec une autre goutte une harmonie parfaite. Et puis mon regard errait entre les rides qui apparaissaient à la surface, qui faisaient onduler l'eau brune comme de la chair – le marais entier semblait recouvert d'une peau flasque, vivante, remuante. Et je contemplais ainsi, à demi absent, mon environnement, quand un bruissement dans l'herbe suivi d'un plouf m'a ramené à moi.

J'ai tiré mon couteau de son étui noir et guetté. Était-ce une loutre ? Non, quelque chose de plus gros : un rat musqué.

J'ai aperçu son derrière rebondi – sa queue grisâtre et un peu plate frétillait tandis qu'il entrait dans son terrier. Et un instant plus tard, il en est ressorti. Je me suis caché dans la plateforme pour admirer ses rapides va-et-vient : il semblait flotter en nageant, les yeux et le dos émergeant, comme ceux d'un crocodile – il a foncé à toute vitesse vers un bout de bois qu'il s'est mis à grignoter, puis a grimpé sur la rive. Comme il était grassouillet ! Ensuite, un tout jeune rat musqué a surgi du terrier et l'a rejoint et, côte à côte, ils ont entrepris de dévorer le gazon. Ils ne m'avaient toujours pas repéré ! Je les observais, comblé.

Qu'est-ce qu'on doit en voir, de ces créatures, ai-je alors pensé, lorsqu'on vit au milieu de la forêt ! Je me représentais soudain un personnage reclus, isolé dans les bois, qui contemple au matin le lever du soleil, cueille des fruits, boit à la source même l'eau cristalline du rocher et médite le reste du jour à genoux dans l'herbe. On dirait le portrait d'une vie idéale ! Ses installations peuvent être modestes : un simple cottage anglais de cinq mètres par sept, où entrent son petit lit et une table près du foyer. Fait-il pousser des légumes ? Peut-être, pour compléter la diète. Mais l'essentiel de son temps est consacré à prendre de grandes bouffées d'air pur, en oyant les oiseaux pépier – les oiseaux qui peuplent les branches de ce domaine dont il ne sort jamais, ce vieux barbu qui possède là son royaume. Il s'est enraciné comme un chêne, l'ermite. Avec le temps, les oiseaux se sont habitués à sa présence : ils s'en approchent, ils gazouillent près de lui. Puis celui-ci leur parle ! Il étudie leur langage et en découvre la clé. *Venez tout près de moi*, leur chante-t-il dans leur langue, et les oiseaux volent jusqu'à lui, se posent sur sa tête ou sur son doigt tendu. Puis le barbu s'assied devant sa petite table, dans sa cabane, mange quelques fruits, fait du feu, se déshabille et regarde par sa fenêtre le crépuscule tomber.

J'étais absolument plongé dans ces idées – au point où, en réalité, je dormais paisiblement depuis un moment déjà, et l'après-midi était bien avancé quand j'ai ouvert les yeux.

J'ai immédiatement senti que quelqu'un était venu. Un objet manquait dans le désordre d'outils et de matériaux disposés autour de moi. J'ai levé les yeux et aperçu la houe – une houe qu'un bénévole avait oubliée sur le bord de la plateforme à la fin des recherches. Elle émergeait d'entre les quenouilles. Elle avait été plantée dans la boue, juste en face de moi, et sa tête de houe me fixait maintenant comme un épouvantail difforme. *Je suis tout près*, semblait annoncer la houe. *Viens m'attraper.*

Des empreintes de bottes traçaient un chemin dans la boue, vers une jonchère au milieu du marais.

J'ai sorti l'émetteur radio de mon sac et l'ai réglé sur la fréquence de l'Unité mobile d'intervention faunique. *Je quitte la plateforme*, ai-je annoncé. *J'ai eu un visiteur. — Compris*, a fait Dave à l'autre bout avant de me souhaiter bonne chance. Et je suis descendu de mon abri.

J'avais oublié la sensation de l'eau glaciale. Se pouvait-il que la pluie se soit encore intensifiée ? Je la sentais qui battait le plastique de ma cape et mouillait mon pantalon en entrant dans mes bottes. Ma tête couverte d'un capuchon, j'avançais mal, je voyais mal et je n'entendais rien. Les traces bifurquaient à l'orée du bois et entraient dans une épaisse masse de joncs m'arrivant aux épaules, compacts, impénétrables. J'avais emporté le couteau et, penché, accroupi même, j'ai commencé à défricher devant moi pour faciliter ma marche. Jusqu'où se poursuivaient ces traces qui s'enfonçaient dans le marais ? (Et par quel moyen exactement celui qui m'avait précédé parvenait-il à circuler dans cette végétation ? J'aurais bien aimé qu'on me le dise.) J'avançais à grands coups de lame de couteau militaire, sculptant dans ce bloc de plantes aquatiques, marchant, l'eau froide jusqu'aux cuisses. Voilà qui, à tous points de vue, faisait contraste avec le rêve où j'étais plongé juste avant. Ermite dans mon cottage près de la mare : fini. Le seul espace dans lequel je pouvais avancer était désormais celui que j'avais fauché moi-même. Rebonjour, l'effort ! J'étais de retour dans le réel impénétrable ! Ce n'était plus le temps, me suis-je dit, de vivre solitaire, un oiseau gentiment perché sur l'index, car je devais m'attaquer à ce monde avec une lame s'il le fallait, ou à coups de pied, pour le rendre traversable ;

pas le choix – fini l'ermitage insouciant, faites-vous défricheur ! Et tandis que je me répétais ces paroles, j'ai distingué un bruit confus de respiration et de roseaux brisés, le bruit d'un homme en fuite, de plus en plus près de moi.

12

J'ai cru un moment lui mettre la main dessus. J'étais à ses trousses depuis quelques minutes quand il m'est apparu, en train de farfouiller dans la boue, à une dizaine de mètres devant moi – je me suis approché lentement, restant tapi, prêt à le surprendre – j'allais peut-être me battre, ai-je pensé, j'avançais les poings serrés. Mais avant que je ne l'atteigne, il a disparu entre les roseaux.

Je me suis alors précipité derrière lui : j'ai foncé tête la première, sans trop lever les yeux (la pluie m'aveuglait), dans l'épais massif de plantes où il venait d'entrer. Je restais concentré sur les traces au sol, insensible à l'inconfort que provoquait le fouettement de plantes sur mon visage et l'eau qui s'infiltrait dans mes bottes. J'allais lui sauter dessus d'un moment à l'autre ! Mon couteau s'agitait pour m'ouvrir le passage. Je ne fonçais pas, je défonçais le marais – j'avançais comme un petit bulldozer humain, déblayant, arrachant, rasant les obstacles sur mon passage. Et dans la cabine de mon petit bulldozer, j'avais poussé la manette de commande jusqu'au mode dévastation. Je gardais l'œil fixé sur les traces de bottes dans le sol et je bulldozais avec toute la puissance que je pouvais mobiliser en fauchant, en tirant et en piétinant avec tous mes membres.

Mais tout ça ne servait à rien. En quelques minutes, l'autre m'avait devancé de deux cents ou trois cents mètres.

Après un moment, j'ai grimpé sur un arbre mort, et de là-haut, j'ai contemplé ses mouvements. Il m'échappait tout à fait. Je ne pouvais expliquer de quelle manière il s'y prenait, mais cet homme bondissait à travers le marécage, malgré la boue molle et les amas de grands roseaux, sans accomplir le moindre effort. Il semblait flotter sur les eaux stagnantes et glisser sans difficulté à travers la végétation : je poursuivais, à peu de chose près, un serpent. Et comme un bulldozer a peu de chances de rattraper un serpent, j'ai ralenti le pas et je l'ai laissé s'éloigner.

J'ai continué la poursuite, mais sans assiduité.

C'était d'ailleurs l'occasion d'observer autour de moi les végétaux colorés : ces épis roses ou jaunes affleurant à la surface de l'eau, ces sphères piquantes pendant de certaines tiges, ces autres tiges ornées de feuilles duveteuses. Je regardais mon pied s'enfoncer dans la boue – et la grenouille que cela effrayait – et le trou de rat musqué devant lequel, dans sa fuite, elle bondissait. Je me sentais tranquillement fusionner avec le marécage et ce relâchement d'assiduité m'offrait, en contrepartie, une souplesse et un confort que je n'avais pas connus jusque-là. J'aurais sans doute pu reprendre ma course avec une agilité renouvelée – me fondre moi aussi parmi les éléments, anticiper les obstacles, trouver d'instinct l'angle facile pour traverser les buissons – si l'homme que je poursuivais n'avait pas surgi avant cela.

Il est apparu à quelques centimètres de moi.

La pluie avait redoublé. Elle martelait ma cape et, lorsqu'il s'est mis à me parler, je n'ai rien entendu de ce qu'il racontait. *Des mouches ? Vous cherchez des mouches ?*

De plus près, je pouvais mieux observer son habit étrange. Une combinaison blanche en plastique recouvrait tout son corps à l'exception de son visage (néanmoins protégé par des lunettes de natation) et de ses pieds, chaussés d'énormes bottes canari qui lui arrivaient aux genoux ; une volumineuse mallette de métal pendait à son bras gauche. J'ai fini par comprendre qu'il testait l'impact de certains polluants sur une mouche, la *Bittacomorpha clavipes*, qu'on trouvait en grand nombre dans ce marais. *Vous l'avez peut-être remarquée, c'est une belle bête : de longues pattes, un corps fragile, presque invisible.* Il se disait « biologiste indépendant » ; il se rendait dans ce marais tous les jours. *Et vous ?*, m'a-t-il demandé. C'était ma première visite, ai-je bafouillé, et je m'intéressais particulièrement (je ne savais pas quoi inventer) au comportement des rats musqués. Il a esquissé un grand sourire : *Quelles bêtes fascinantes !* Puis le « biologiste » m'a invité à poursuivre notre entretien dans son abri.

Il utilisait un microscopique laboratoire mobile aménagé dans une capsule gonflable mesurant deux mètres par trois qui ressemblait, en fait, à une monstrueuse chenille blanche, à demi translucide, remplie de tablettes et de surfaces de travail en plastique. Une grosse pile alimentait un frigo contenant des échantillons numérotés. Il a retiré ses lunettes de natation et la capuche de sa combinaison, ce qui me permettait de mieux observer sa tête. Son crâne était étroit et long, flanqué de grandes oreilles avec une petite crête de cheveux châtains (il me rappelait vaguement un fauve, mais lequel ?). *Je vous sers quelque chose à boire ?* Le « biologiste » a versé une sorte de frappé qu'il avait préparé lui-même avec des herbes. J'en ai profité pour inspecter les lieux. Je reconnaissais les objets habituels : portable, microscope. Des centaines d'échantillons s'accumulaient dans des sachets refermables identifiés par quelques mots au marqueur, à côté de litres d'eau de marécage décantant dans des bacs. Il m'a tendu mon verre (son frappé sentait la boue sucrée) et tandis que nous trinquions, j'ai remarqué, sur une feuille dépassant de sous le portable, le logo du Réseau d'urgence pour la faune.

Je me suis tranquillement approché des papiers. Le « biologiste » monologuait en rangeant ses affaires.

Quand il a eu terminé l'explication assez technique qu'il avait entamée sur ses recherches, j'ai avalé une dernière infâme et pâteuse gorgée de sa boisson et, sur un ton un peu naïf, j'ai évoqué le nuage de mousse qui flottait dans le marais – je guettais sa réaction. *La mousse recouvrait une surface de quelques mètres sur le marécage. Et le plus étrange, c'était sa couleur orangée. Qu'en pensez-vous ? — Vous n'en aviez jamais vu ?* Le « biologiste » m'a expliqué qu'il s'agissait d'un phénomène provoqué par la composition particulière du sol : une sorte d'argile ferreuse qui rouillait et produisait de l'écume. Pour essayer de l'ébranler, j'ai mentionné la plateforme : *J'y ai trouvé toutes sortes de traces d'expériences scientifiques... Peut-être qu'il en sortait de la... pollution ?* Mais il a fait un grand geste agacé. *Monsieur ! Beaucoup de gens s'intéressent à ce marais. Il y a des chasseurs, il y a des artistes et des ornithologues amateurs. Ils sont partout ! Venez avec moi.* Et il est sorti en me faisant signe de le suivre. Profitant des quelques secondes dont je disposais, j'ai tiré les papiers de sous le portable, lu les trois premières lignes sur chaque feuille, et tout remis à peu près en place en bondissant dehors.

C'était bel et bien lui ! Le cambrioleur du Refuge !

Il m'attendait sur le seuil et, d'un ton sec, m'a demandé de marcher devant lui. *Où allons-nous ? — Ha, ha ! Vous verrez bien !* Nous longions la rivière et nos pieds s'enfonçaient dans ses berges boueuses. Nous avons traversé le cours d'eau à pied, en nous agrippant à des arbres morts, puis il m'a dirigé vers la route, où il m'a montré un gros tuyau. *Regardez ! La voici, la vraie pollution !* L'eau de pluie qui transporte avec elle les engrais, les déchets et la poussière de la route se déverse dans le marécage, m'a-t-il expliqué. Des métaux lourds entrent dans la chaîne alimentaire via quelques micro-organismes qui les aspirent par osmose et tout cela finit chez grenouilles, crapauds et compagnie, qui deviennent apathiques, oublient de pondre et disparaissent tranquillement dans les parages.

Je l'écoutais en me répétant : *Fonce ! Saute-lui dessus ! Prends-le par surprise et quand tu l'auras assommé, ligote-le avec ta veste et contacte le Réseau pour qu'ils l'emportent dans la jeep !* Mais lui me fixait, l'air satisfait de son explication et avant que je me sois décidé à agir, il a tourné les talons.

J'ai voulu le suivre, mais mon pied ne s'est pas levé. En baissant les yeux, j'ai constaté qu'en fait, mes deux pieds s'enfonçaient rapidement dans la boue. Elle m'arrivait déjà à la hauteur des mollets et mon corps continuait de s'enliser sans rencontrer de résistance ! Et le « biologiste » riait ! *Eh bien ! Vous avez manifestement mis les pieds dans des sables mouvants !* Je lui ai tendu la main pour qu'il m'aide, mais il a secoué la tête : *Ça ne sert à rien !* J'étais enragé, mais plus je tirais sur une jambe, plus l'autre s'enfonçait en proportion. Si je continuais à couler à ce rythme, je serais bien vite engouffré jusqu'aux épaules. Stupide marécage ! Je voyais clairement maintenant que ce trou profond jouxtait l'embouchure du tuyau et que je l'avais confondu avec le reste des pentes boueuses qui bordaient cette rivière. Et le « biologiste » m'y avait délibérément entraîné ! Je continuais à me débattre et à m'enliser devant l'autre qui ne pouvait s'arrêter de rire.

Je vois que vous n'avez pas l'habitude, a-t-il fait en s'avançant vers moi, au bout d'un moment. *Regardez.* Il s'est placé sur les sables mouvants et s'est mis à trépigner ; la boue l'avalait un peu plus chaque fois qu'il remuait les jambes et, en quelques instants, il s'est enfoncé jusqu'aux fesses. *Et hop !* Ensuite, il s'est renversé sur le dos et a extirpé ses jambes en rampant. *C'est comme ça qu'on se sort des sables mouvants.* Puis, il s'est relevé et a disparu dans un bosquet.

J'ai rampé à mon tour comme une jeune chenille maladroite, puis je me suis assis dans l'herbe – tout brun, complètement épuisé – et j'ai contacté l'Unité mobile. *Qu'est-ce qui se passe ? — J'étais avec lui, avec le cambrioleur du Refuge ! Mais je ne le vois plus, je crois qu'il a disparu.* Diane a foncé pour me rejoindre.

D'où je me trouvais, je ne pouvais vérifier si la capsule gonflable flottait toujours dans le marécage, mais a priori, j'en doutais. L'ensemble se démontait probablement en quelques minutes et un véhicule camouflé devait attendre à quelques pas de là. Mais l'installation que j'avais vue ne pouvait être qu'un équipement accessoire, un satellite conçu pour le marécage, une sorte d'avant-poste pour les opérations du « biologiste ». Et s'il disposait d'un tel avant-poste, quelle cachette il devait se ménager ! Il ne pouvait en effet mener ses expériences à partir de ce seul labo gonflable, sans entrepôt ni équipements plus raffinés : quiconque se promène avec un avant-poste possède nécessairement une base. Le « biologiste » se retranchait vraisemblablement dans une imprenable forteresse à partir de laquelle il préparait ses incursions t c'était dans ce repaire, jusque dans cette retraite sûre, que devait le traquer le Réseau d'urgence pour la faune.

Quand la jeep est apparue, la pluie avait cessé et le soleil couchant transperçait par endroits les nuages.

J'ai sauté sur le siège et croisé un instant le regard paniqué de Diane. *Ça ne va pas bien ? — Non, ça ne va pas bien du tout*, m'a-t-elle confirmé en appuyant sur l'accélérateur.

Ce qu'elle craignait s'était produit : la Zoozone avait fini par s'écrouler sur les animaux. L'eau s'était encore accumulée sur le toit et avait tant pesé sur les panneaux d'acier que les fissures à demi rafistolées s'étaient élargies. Puis, dans sa chute, une partie du revêtement avait aussi entraîné une poutre – qui ne tenait de toute façon que par quelques clous rouillés – et le reste du bâtiment s'était refermé sur lui-même comme une fleur qui se fane.

Mais sous les pétales, des animaux blessés.

Pour l'instant, l'ours M. Poilu et le harfang Rowtag semblaient indemnes ; les ratons laveurs, Paco et Yuma, et le corbeau Awanatu, toutefois, avaient disparu. Une belette, un lièvre et une marmotte avaient été blessés dans la catastrophe. On commençait à peine l'inventaire des victimes.

Diane s'attribuait intégralement la responsabilité de l'effondrement de la Zoozone ; je voyais presque sa grosse tête rentrer dans ses épaules sous le poids de la culpabilité. Elle répétait : *J'aurais dû réparer le toit la semaine dernière ! Je savais qu'il ne tenait plus !* Mais comment faire, ajoutait-elle, alors qu'il n'y avait en elle plus aucune ressource : *Je me lève à 5 h 30 et je n'arrête pas jusqu'à minuit, pour ma dernière ronde dans la Zoozone.* Tous les jours, elle nettoyait les cages avec le boyau et l'énorme ramasse-crottes, sans que personne la remercie. Tous les soirs, elle astiquait aussi la jeep, désinfectait les instruments, vérifiait les pneus, ajoutait du liquide lave-vitre. *Et je suis une autodidacte*, ajoutait-elle. Pour s'informer, elle lisait régulièrement une page du *Bulletin de médecine vétérinaire* ou de *Regard animal.* Et à cela s'ajoutaient ses travaux d'ébénisterie (elle avait complété récemment une rampe pour le sentier, des tabourets pour le labo et des étagères) et sa présence aux cuisines. Diane me lançait des regards latéraux, l'air de demander si la somme de ce qu'elle avait accompli la disculpait de son unique faute grave. La jeep tournait délicatement sur l'allée qui menait au Refuge, et les décombres de la Zoozone se révélaient progressivement devant nous.

Diane, ai-je commencé, la voyant toujours agitée, *tu travailles comme un bœuf. Qu'est-ce que tu pourrais faire de plus ?* Elle avait eu un petit relâchement, certes, mais autour d'elle, ce monde qui l'entourait ne s'avachissait-il pas complètement ? Partout il y a de grands déserts poussiéreux qui sont inondés par la pluie et se transforment en coulées de boue. De hautes falaises se détachent ou ramollissent. On voit de plus en plus d'avalanches et il paraît que des villes entières s'enfoncent parce que le sol n'a plus la force de les supporter. *C'est vrai ? — Mais bien sûr. Le monde est comme…* (et tandis que nous discutions, je contemplais en descendant de la jeep les lambeaux de la Zoozone qui ballottaient au vent, à demi accrochés) *le monde est comme faible et désossé, je pense. Le monde est flasque.*

Quelques instants plus tôt, lui ai-je expliqué, j'avais les deux pieds dans des sables mouvants, devant un immense tuyau d'égout. Les sables mouvants n'ont pas de structure, ils sont relâchés. Des sables mouvants, c'est un peu de terrain qui a démissionné de son rôle et qui préfère s'avachir lorsqu'on lui met le pied dessus. Et dans les sables mouvants, ai-je ajouté, plus on se raidit, plus on coule. Seuls ceux qui se ramollissent et rampent parviennent à s'en sortir. N'y avait-il donc pas, dans les sables mouvants, le signe d'une tactique ? Le monde ramollit et, pendant ce temps, nous croyons qu'il convient de devenir plus austères, plus rigoureux, nous décidons de résister au dérapage et de maintenir notre posture inflexible. Nous pensons : *Tout se démembre, sauf moi.* Nous persistons à rester fermes : ça nous console. Mais si, en renchérissant sur la droiture, nous ne faisions que nous enfoncer davantage ? Et si, dans un monde ramollissant, l'autodiscipline ne permettait pas de flotter ? Et si elle nous faisait au contraire nous engouffrer davantage dans le bourbier ?

Diane écoutait mes réflexions avec enthousiasme.

Mais nous devions interrompre cette discussion. De longues heures de travail nous attendaient, puisqu'il faudrait rattraper les animaux blessés, offrir des soins d'urgence à certains d'entre eux et, en même temps, reconstruire à toute vitesse la Zoozone – d'ailleurs, tout le réseau de bénévoles affluait déjà au Refuge pour apporter son aide. Mais avant de rejoindre les autres, je suis monté dans ma chambre, où j'ai lancé mon sac sur le sol et trouvé un stylo. Qu'est-ce que je devais retenir de cette aventure ? Sur une page blanche, j'ai noté : *Tolérez les ramollissements de votre autodiscipline.* Puis, jugeant cette formulation convenable, j'ai remis ma cape et je suis sorti.

13

À la nuit tombée, les premiers secours aux animaux blessés se poursuivaient autour des ruines de la Zoozone. Une nuée de bénévoles équipés de lampes frontales grimpait sur les décombres, ils en inspectaient les replis, ils plongeaient la main entre les planches arrachées et, souvent, en ressortaient un écureuil ou une mésange assommés dans la catastrophe. Les bénévoles formaient une chaîne et se passaient les animaux de mains en mains, en se murmurant d'y aller doucement, de supporter un membre brisé ou de manipuler prudemment une aile qui semblait sur le point de se défaire – et, de cette manière, ils transportaient les animaux jusqu'à l'Unité mobile d'intervention faunique (Diane s'était garée à côté des décombres pour accélérer les premiers soins). La jeep répandait une lumière jaune et solitaire ; on aurait dit un gros lampion de métal relié par un cordon de lucioles à cette masse sombre, informe, hérissée de planches – ce qu'il restait de la Zoozone.

Je ne trouvais pas Dave parmi les bénévoles et Diane m'a informé qu'il venait de partir vers la forêt.

Une demi-douzaine de bénévoles s'étaient en effet mis en tête de trouver du bois d'allumage pour un feu de camp et Dave voulait les arrêter avant qu'ils ne massacrent les arbres. Quand je l'ai retrouvé, il reprenait son souffle, après avoir attrapé un petit groupe qui s'était rempli les mains et les poches de brindilles. Je me suis assis sur une bûche près de lui et nous avons contemplé ensemble le stationnement qui s'étendait à l'orée de la forêt. Devant nous, de nouvelles voitures affluaient constamment au Refuge, des bénévoles en débarquaient, ils lançaient leurs sacs sur le sol. Ils s'agglutinaient en un vaste campement et, dans la noirceur de cette nuit sans lune, ils ressemblaient à des buissons hérissant la pelouse, frémissant sous le vent, éclairés par les faisceaux mobiles de leurs lampes de poche.

Le lendemain matin, j'ai découvert cinquante tentes sous ma fenêtre.

Les bénévoles sortaient de leur sac de couchage et s'assemblaient spontanément autour des réchauds portatifs. Ils se baladaient en pyjama et s'échangeaient des poches de thé. Certains installaient des cordes à linge, des bâches, des hamacs et des chaises pliantes et en quelques minutes, le campement était devenu un labyrinthe d'objets éparpillés autour de leurs propriétaires.

J'ai passé une annonce à la radio, a expliqué le Dr Denis en nous rejoignant, Dave, Diane et moi, au déjeuner. *Et ça a marché !*, a-t-il ajouté avec un large sourire, exhibant ses huit incisives trop larges. Seulement, il devait maintenant planifier l'approvisionnement en eau et en nourriture et se préparer à soigner les bénévoles blessés (quatre d'entre eux, déjà, avaient marché sur un clou rouillé).

Avant de nous replonger dans le travail, nous nous sommes réunis dans ma chambre et assis sur le bord de mon lit, et j'ai raconté mes mésaventures à Dave, à Diane et au docteur. Tous trois m'ont écouté, l'air de vouloir bondir et attraper le « biologiste ». Avais-je pu lire les documents déposés sur sa table ? Avais-je pu dérober quelques échantillons dans son laboratoire ? *Non, je crois qu'il se méfiait. Il ne me lâchait pas des yeux ! Mais j'ai bien observé ses installations.* J'ai sorti mon calepin et dessiné la grosse chenille, l'intérieur du laboratoire mobile et la combinaison de plastique du « biologiste ». Tout le monde a examiné mon dessin attentivement. L'homme que nous cherchions avait probablement quitté le marais, ai-je ajouté, et il était urgent de partir à sa recherche. Il fallait rapidement repérer sa base ! Il préparait sûrement sa prochaine attaque ! Le docteur a approuvé mon idée : nous avions d'ailleurs mis la main sur plusieurs indices lors de la battue et nous en saurions davantage après les analyses. *On va l'attraper très bientôt, je le sens*, répétait-il, en tortillant sa mèche duveteuse. Mais il fallait d'abord résoudre le problème de la Zoozone et, à ce propos, le Dr Denis a indiqué quelques tâches à Diane et à Dave avant de s'engouffrer dans son bureau.

Nous avons pris le chemin de la Zoozone, dans l'air moite de ce lendemain de pluie.

Ses abords bourdonnaient d'amis dévoués du Réseau, de bénévoles d'un jour et de simples curieux. On voyait certains occupés à brancher sur un petit mammifère une sonde d'alimentation entérale et à le caresser pour qu'il retrouve son calme. D'autres planifiaient leurs emplettes, préparaient un feu, lavaient leur véhicule, feuilletaient des magazines ou s'échangeaient, après avoir fait connaissance, leurs coordonnées en se promettant un rendez-vous.

Un groupe orbitait autour de Jean-Paul et de Tania, qui avaient délaissé leur havre sur la rivière pour donner un coup de main au Réseau. Ils proposaient des tisanes énergisantes préparées avec des herbes qu'ils cueillaient dans les bois. *Ça marche !*, disaient-ils et, en toute vérité, après avoir bu deux petites tasses, je chantonnais en claquant des doigts et en balançant la tête, tandis que je vaquais à mes occupations. Et certains s'en avalaient des gourdes pleines ! On les voyait devenir comme fiévreux et ricaneurs, s'envoyant des signes elliptiques entre eux, puis, se décidant tout d'un coup à rendre service, ils arrivaient en bande dans le laboratoire et se mettaient à tout faire rapidement. Diane, Dave et le Dr Denis, comme portés par la frénésie environnante, trouvaient tout cela extrêmement stimulant.

Tandis que je déplaçais une vieille planche arrachée, un homme a traversé le campement en tenant un mouchoir de manière étrange. Diane a essayé de l'interpeller. *Un instant*, a-t-il fait, *j'ai promis de montrer ma petite taupe !* Il avait mis de côté, pendant les recherches, une taupe retrouvée à proximité de la Zoozone et la cachait depuis ce temps dans sa tente, où il avait laissé un bol d'eau et une réserve d'insectes. Quand un attroupement s'est formé autour de lui, il a ouvert son mouchoir et a montré l'animal, qui s'est mis à remuer et à pointer son museau en direction des bénévoles. Et malgré les demandes de Diane, il refusait de rendre la taupe. *Vous aimez mieux la mettre en cage ?*, demandait l'homme à Diane. *Vous pensez qu'elle a peur ? Qu'elle préférerait se faire examiner et bourrer d'antibiotiques ? Mais non, regardez, elle prend les choses du bon côté.* Et c'est vrai que la taupe folâtrait entre les doigts de l'homme, apparemment sans se préoccuper des plaies qui zébraient son pelage. *D'après moi, les animaux sont contents de se distraire*, résumait-il. *Ils n'aiment pas trop penser à leurs blessures !* Mais Diane, avec sa patience, a fini par le persuader de lui rendre la taupe, qu'elle a transportée ensuite jusqu'à la jeep pour l'examiner.

Un journaliste avait installé un petit studio près de la Zoozone et filmait les travaux pour un réseau de télé local. Vrai que ça offrait des scènes colorées, ces bénévoles venus par dizaines épauler le Réseau d'urgence. Le journaliste interrogeait tout le monde, entrait dans les tentes, entamait la conversation au dîner ou pendant que les bénévoles travaillaient et, pour filmer de haut, il montait sur les corniches et sur les arbres. On trébuchait sur ses fils et ses trépieds. J'ai compté jusqu'à six personnes en file pour parler à son micro et tout le monde par la suite l'observait faire son montage dans son petit studio mobile. Qui paraissait bien ? Et qui s'exprimait le mieux ? Les entrevues des uns et des autres faisaient l'objet de comparaisons approfondies.

Le journaliste s'était particulièrement entiché de Ted, un charpentier qui prônait des changements majeurs à la Zoozone. Ted préconisait une structure en dôme et il voulait mettre à l'épreuve un système de construction breveté utilisant de vieilles cagettes d'agrumes en bois. Il suffisait de les empiler, expliquait-il, et de les relier avec du fil de chanvre : ça créait une espèce de dôme mou qui remuait au toucher comme de la gélatine. Pour l'entretien, rien de plus simple, ajoutait-il, puisqu'il suffisait de grimper et de remplacer les cagettes abîmées. Le Dr Denis avait promis d'écouter sa proposition, mais Ted prenait de l'avance en faisant la tournée des épiceries locales pour récolter sa matière première. Il l'amassait derrière le pavillon d'accueil, aidé dans sa tâche par le jeune Nicolas, qui le bombardait avec ses idées de projets. (Nicolas souhaitait particulièrement ajouter des tuyaux et des assiettes en métal sur la Zoozone afin de chauffer de l'eau avec les rayons du soleil. Il avait aussi conçu une bibliothèque mobile des bois, avec des livres d'images destinés aux animaux, et il prévoyait prochainement enlever l'asphalte dans les stationnements pour les transformer en parcs – il avait vu un artiste le faire peu de temps auparavant.)

Diane, pendant ce temps, s'activait dans l'Unité mobile à secourir les animaux extraits des décombres. Elle devait les entasser dans des cages très sommaires, qu'elle accumulait tout autour de la jeep, et surveiller continuellement leur état et les réserves d'eau dont ils disposaient. Le nombre de cages augmentait sans cesse parce que les bénévoles multipliaient les découvertes d'animaux blessés, particulièrement des souris et des petites mésanges, qu'ils ramenaient dans le creux de leurs mains – jusqu'à ce que Diane découvre que cinq ou six bénévoles ratissaient la forêt et y ramassaient tous les petits vertébrés sur lesquels ils mettaient la main. Ils vidaient même de leurs oisillons les nids qu'ils croyaient abandonnés par la mère. *Il vient d'où celui-là ? Retournez-moi ça dans la forêt !* Mais les bénévoles expliquaient chaque fois que l'animal semblait mal en point et Diane devait, sous les yeux de ceux qui les lui avaient apportés, soumettre les petites bêtes à un examen sommaire afin de les satisfaire.

Nous devions aussi composer avec l'encombrement que causaient certains bénévoles sur le chemin du laboratoire. Un groupe s'était installé de manière non officielle à l'intérieur du bâtiment principal et restait à portée de main pour répondre aux demandes urgentes. Il y avait parmi eux une autodéclarée « équipe ménage » qui rôdait près d'un grand divan et décorait le hall en accrochant des torchons à sécher sur une cordelette entre deux meubles. On les voyait secouer les coussins dehors et les tapis par la fenêtre, marcher les bras chargés d'un bac d'eau brûlante débordant de mousse en criant *Attention !* et en évitant les gens. Ils créaient évidemment une ambiance animée, mais leur présence devenait embarrassante quand il fallait transporter un animal fragile.

Une fois, Diane et moi avons reçu la mission d'apporter une marmotte au labo pour qu'elle reçoive une piqûre. C'était l'une des bêtes qui avait subi le plus durement l'impact de l'écroulement : une planche avait fracturé son cou et paralysé ses membres pour toujours. Il ne lui restait plus qu'à dormir dans sa cage, pendant quelques mois encore, branchée sur un cathéter et, pour lui permettre de survivre à l'inaction, le Dr Denis devait lui administrer une dose importante de sérum. C'est pour cette raison qu'il fallait l'apporter à bon port, au bloc opératoire du Dr Denis.

La marmotte avait été rebaptisée Morphée.

Il faudrait l'envelopper dans une couverture, ai-je suggéré à Diane, qui a trouvé l'idée très bonne – à cause d'une brise fraîche qui venait de se lever, elle risquait d'attraper un coup de froid. J'ai déniché un drap taché qui avait été laissé par terre ; une fois Morphée enroulée dedans (assez serrée pour qu'aucune vertèbre ne bouge), nous nous sommes dirigés à pas prudents vers le labo.

En chemin, nous avons buté sur l'équipe ménage en pleine discussion, qui s'était interrompue, le balai à la main, autour de l'accès entrouvert du labo. Ils n'entendaient rien à nos appels à cause d'un ventilateur et du bruit de leurs propres voix et continuaient à gesticuler énergiquement dans l'entrée tandis que nous essayions de nous glisser à l'intérieur. *Excusez-moi*, ai-je crié après un moment, tandis que Diane levait au-dessus de sa tête Morphée, enveloppée dans son drap. Au même moment a surgi derrière nous une forme colorée qui s'est avérée être un citoyen volontaire en patins à roulettes ! Voyant qu'on restait sur place, il nous a écartés d'une main et, de l'autre, a tendu un bout de papier au Dr Denis.

Diane a serré la marmotte contre elle : *Regarde où tu t'en vas ! Irresponsable !* Puis elle a déposé l'animal en marmonnant qu'il faudrait vite organiser différemment l'entrée du labo. Elle s'en chargerait avant la fin de la journée, a-t-elle soupiré, mais avant, elle devait se rendre aux cuisines pour préparer la soupe des bénévoles. *Si on ne leur donne rien à manger, ils vont mourir de faim.* Accaparés par la catastrophe de la Zoozone, plusieurs bénévoles négligeaient de s'alimenter et devenaient de plus en plus désorientés. *C'est à nous de prendre soin d'eux*, résumait-elle.

Elle comparait toutes ces relations de soin à la chaîne alimentaire.

Celle-ci forme une pyramide : ce qui est faible et abondant en constitue le socle, un petit nombre de créatures habiles et efficaces trônent au sommet. Et si, m'a expliqué Diane en se lavant les mains, on suppose que les étages de cette pyramide sont « insecte », « mésange », « hibou » et « lynx », on peut dessiner le parallèle suivant dans les relations de soin : les animaux blessés constituent les « insectes », soignés par les bénévoles peu expérimentés (« mésanges »), eux-mêmes pris en charge par Diane et Dave (« hiboux »), que dirige en dernière instance un « lynx », le Dr Denis. Chaque fois que l'on descend d'un étage, on trouve des êtres moins capables, plus inertes, plus ramollis. Bien sûr, on s'ennuie souvent au sommet de la pyramide : c'est un sommet venteux, la compagnie s'y fait rare et on préférerait parfois habiter le bas de l'édifice, là où ça grouille de monde et où on peut toujours compter sur l'haleine des autres pour se tenir au chaud. Mais il faut bien que quelqu'un habite les cimes, affirmait Diane, et assume les responsabilités qui en découlent.

J'ai sorti mon bloc-notes, sentant approcher l'heure de tirer sur ces évènements un trait final. Qu'y avait-il à conclure ? Diane transportait une énorme poche d'oignons et, un à un, les a décapités et transformés en rondelles. Puis son bras habile a lancé des carottes et divers légumes dans un chaudron aux dimensions incroyables et y a vidé un bidon d'eau. Pendant ce temps, je voyais par la fenêtre Ted, perché sur sa montagne de cagettes en bois, qui donnait ses instructions à trois ou quatre bénévoles, suffisamment audacieux pour avoir voulu jeter les fondations de son innovateur dôme et qui, pour l'instant, s'était emmêlés dans la corde de chanvre dont ils n'arrivaient plus à l'extraire. Diane s'est tournée vers moi et, l'air très calme, a fait le point sur la situation : *Quelqu'un doit prendre soin de tous les indolents*, a-t-elle conclu – ce que j'ai aussitôt transcrit sur une page vierge, content d'entendre quelque chose d'aussi approprié.

14

Quelques jours plus tard, une voiture a déposé une Roberta toute haletante, qui a demandé à voir le directeur pour lui parler d'une affaire très urgente. Elle avait marché et fait de l'auto-stop pendant des heures pour se rendre du ruisseau Gérard jusqu'au Refuge et paraissait, en arrivant, étourdie et défaillante. Diane s'est dépêchée de lui apporter un verre, une orange et des biscuits. Puis, assise sous la tonnelle, Roberta a recouvré ses esprits tandis que nous restions près d'elle, en regardant les bénévoles qui transportaient des seaux ou de la paille, ou qui déplaçaient un raton sur un brancard. Dave nous a rejoints et, après que j'ai fait quelques présentations, Roberta nous a expliqué le but de sa visite.

Elle avait vu l'homme, celui que l'on cherchait. *Hier, près d'un étang. Mais je suis restée cachée.* Elle s'était éloignée du campement, seule, pour cueillir des champignons quand, au loin, des reflets l'ont intriguée. *Je me suis accroupie derrière un buisson.* Et en bas, elle l'a bien vu : un homme qui a ouvert une valise, pris un contenant de verre, sorti une pipette de sa poche et versé du liquide coloré dans l'étang. Il regardait pendant tout ce temps derrière son épaule, comme prêt à bondir, et quand il a eu fini, il a fui immédiatement par un sentier discret, très peu emprunté. Était-ce l'homme que j'avais vu dans le marais ? Roberta le décrivait comme un grand monsieur aux cheveux longs. Au contraire du « biologiste », il ne portait ni combinaison blanche ni mallette de métal ; Roberta évoquait un homme en vert, en simples vêtements de plein air et bottes de pêche, sans lunettes. Et que transportait-il dans ses mains ? Une valise de cuir. Quant au sentier, elle en avait mémorisé l'entrée, mais ne s'y était pas aventurée, étant seule et ne sachant quels dangers se cachaient au bout. *C'est infiniment gentil d'être venue nous avertir*, lui a assuré Dave en étirant son long cou vers elle, avant de demander quand nous pourrions inspecter les lieux. *Demain, sans doute*, a répondu Diane, qui a ensuite souligné que le Dr Denis, à son tour, voudrait entendre ces informations neuves ; nous sommes tous quatre partis le retrouver.

Derrière la porte de son bureau, le Dr Denis promenait des yeux excités sur un tas de papiers en marmottant, le sourire fendu jusqu'aux oreilles. Avant que l'on puisse dire un mot, il dansait presque en tenant dans ses mains les résultats des analyses faites sur les outils découverts dans le marais. *Des androgènes !*, s'exclamait-il en brandissant une feuille. Des androgènes : on en avait trouvé des traces sur les instruments chirurgicaux. De plus, il y en avait des proportions phénoménales dans la mousse orange, comme chez toutes les bêtes atteintes, d'ailleurs, y compris Titi.

Nous l'avons enfin, notre diagnostic ! Le contenu des analyses restait toutefois limité. Savoir que le mal provenait de quelques hormones n'en donnait pas la clé ou la solution – seulement la sensation d'être plus près du but. Mais enfin apparaissait l'origine de l'acné : c'était la testostérone qu'assimilaient les animaux dans la boue, sur l'herbe et dans l'eau qui leur donnait des boutons – de la testostérone sous forme de mousse saupoudrée ponctuellement sur le territoire. *On a aussi repéré une hormone artificielle, du méthandriol, et de la graisse animale.* Mais c'était l'absorption subite de testostérone qui, d'après le docteur, avait le plus de conséquences. Il brassait tous ses dossiers en nous parlant, consultait les rapports sur Titi et les autres, et surlignait des mots qu'il nous montrait du doigt.

Les questions irrésolues restaient toutefois nombreuses. En quoi consistait le plan derrière cet arrosage, cette propagation d'hormones mâles dans l'eau ? S'agissait-il d'un effet secondaire ou du but même de cette opération, que les animaux se couvrent ainsi d'acné ? Et qu'ils meurent ? Ou était-ce tout autre chose – zones érogènes, pilosité, muscles, libido – qui en constituait le véritable objet, l'expérience pouvant très bien avoir échoué ? Mais nous touchions au but ! D'une nébuleuse de possibles, nous étions ramenés à une seule piste. De plus, nous pouvions écarter tout risque de contagion. *Si c'est une hormone, ce n'est pas transmissible*, répétait le Dr Denis, visiblement soulagé. Fini l'angoisse d'une épidémie ! Nul besoin, donc, de mettre au point un remède ou de combattre la propagation d'un germe : pour sauver les animaux de la région, il suffisait d'attraper le coupable et de mettre fin à ses déversements. Pour cela, Dave avait une idée de génie : les laboratoires qui fabriquent des androgènes devaient être peu nombreux ; avec quelques coups de téléphone, nous pourrions apprendre où se trouvaient leurs clients. *Et il suffira de rendre visite à ces quelques adresses.* Le sourire aux lèvres, en se frottant les mains, il a précisé : *Une visite-surprise, évidemment !*

Une bénévole a été envoyée dans le bureau du Dr Denis téléphoner aux fournisseurs d'androgènes, puis nous avons repris notre conversation, en laissant d'abord parler Roberta, qui attendait depuis un moment pour raconter son histoire. Elle en a repris tous les éléments pour le docteur (ajoutant au passage quelques détails éloquents : des jappements de chien dans la forêt, des pneus de moto qui avaient laissé des traces, des marques de brûlure sur des troncs d'arbres en chemin). Quand elle a eu fini, le docteur s'est levé pour revenir avec de la limonade et rapporter des nouvelles de la bénévole dans son bureau : *Toujours rien.*

Puis, il a rempli nos verres et Diane a résumé la situation.

D'abord, on voit au marécage un homme suspect, en combinaison blanche de plastique, portant des lunettes de natation, avec des cheveux courts et une mallette. Cet homme rôde près d'un abri où se trouvent des instruments dans le désordre et de la mousse orange, tout cela – on le sait maintenant – recouvert d'androgènes. L'homme dit être biologiste et s'intéresser aux mouches. J'ai hoché la tête pour confirmer le résumé de Diane. *Puis Roberta aperçoit au ruisseau Gérard un homme aux cheveux longs, vêtu de vert et sans lunettes. La valise qu'il transporte est aussi différente. Qu'est-ce que cela peut bien nous suggérer ?*

On dirait qu'ils travaillent en paire, a remarqué Dave avant d'ajouter que cela compliquait notre tâche : si l'on ne parvenait pas à en stopper un, comment se débrouiller avec deux ? Ou davantage ? S'il s'agissait d'un réseau décentralisé où chacun opérait seul et connaissait à peine les autres ? Les produits contaminants arrivent par la poste, suivis, dans un deuxième envoi, de la procédure pour les répandre, et chaque agent joue son rôle discrètement. *Alors il faut trouver le chef*, l'a interrompu, irrité, le Dr Denis, anxieux et déjà impatient d'attraper le coupable. Mais le chef pourrait se cacher derrière une identité secrète ; *si ça se trouve, il commet tous ses actes à distance*, a expliqué Dave, dressant le portrait d'un homme tranquille, indépendant de fortune, bien vu dans le voisinage, amateur de longues promenades pendant lesquelles, furtivement, sur son portable, il pilote par messages texte un réseau clandestin. *Ou ça peut être un adolescent ignoré. Le fils d'un concierge, qui s'est construit un ordinateur géant dans la penderie et qui contrôle ses agents à distance.* On évoquait des douzaines de possibilités : avait-on affaire à des trafiquants d'organes sophistiqués qui favoriseraient une évolution chez les bêtes pour rendre transplantables leurs entrailles chez l'homme ? Ou à une entreprise diffusant dans l'eau un poison, pour mieux refiler ensuite, aux gens paniqués, l'antidote dont elle aurait la recette ? Ou bien le ministère de la Faune expérimenterait-il secrètement pour rehausser la saveur du gibier ?

Soyons logiques, a déclaré le Dr Denis en refermant le volume qu'il feuilletait distraitement. *Nous n'affrontons pas nécessairement une organisation tentaculaire.* Il pouvait, croyait-il, encore s'agir d'un homme seul : ou bien le « biologiste » croisé dans le marécage n'avait rien à voir avec les androgènes, ou bien l'innocent était l'homme du ruisseau. *Ou encore ni l'un ni l'autre. Je n'exclus rien, le principal étant de ne pas paniquer. Moi, par exemple, sachant désormais que la maladie vient d'une hormone, j'aime penser qu'il n'y a derrière tout ça qu'une livraison destinée à l'industrie de l'élevage, un produit expérimental hautement efficace qui s'est répandu dans le transport. Et les rôdeurs et biologistes aperçus dans la région ne sont que des employés qui tentent de mesurer l'ampleur de l'accident.*

Diane donnait partiellement raison au docteur et préférait supposer que l'ennemi agissait seul. Il pouvait très bien, entre ses deux apparitions, avoir troqué ses vêtements, changé de valise, rangé ses lunettes, et les cheveux longs que Roberta avait vus n'étaient alors qu'un filet ou un chapeau tombant, ou même une perruque, s'il croyait nécessaire, de peur d'être pris, de se travestir. Plutôt que d'envisager l'hypothèse d'un réseau ou d'une bande, elle imaginait un chimiste qui errait, un inventeur malheureux ou un professeur malade entré en crise, qui s'était exilé en camping et testait autour de lui vingt ans de bonnes idées ignorées. Cet homme traversait peut-être une phase difficile, et il reviendrait tôt ou tard à lui, honteux devant ses crimes. *Ou peut-être qu'il va commettre une erreur fatale.*

— *Ça m'étonnerait*, a répondu Roberta. *Il ne va pas commettre d'erreur, je le sens. Cet homme trompe tout le monde et il va s'en sortir. C'est sûr.*

Les pistes s'accumulaient ainsi, alors que le jour avançait tranquillement sous la tonnelle, au milieu des limonades et du ballet incessant des bénévoles, si bien que l'heure est venue, pour le Dr Denis, de faire sa tournée vespérale des cages. Notre groupe l'a suivi vers la grande tente qui remplaçait temporairement la Zoozone. À l'intérieur, les animaux restaient immobiles sous les gros néons. Morphée sommeillait sur son grabat de plastique, retenue par des sangles ; Rowtag, plus dégarni de jour en jour, dormait aussi, comme M. Poilu, qui puait le caca et la sueur, et comme Awanatu, qui dormait en fait tout le temps et mangeait à peine, tellement il était vieux. Pendant ce temps, dans leur cage minuscule, s'agitaient trois petits renards qu'une vieille dame nous avait apportés le matin même : ils grimpaient l'un sur l'autre en grognant et en geignant, et les polatouches placés de part et d'autre, énervés par ce chahut, compensaient en se grattant les fractures. Quant aux animaux contaminés par les androgènes, ils restaient à part dans des boîtes de plexiglas blanc, sous surveillance et contemplant de leurs yeux vides et résignés la poche de soluté qui pendouillait de leur vivarium. Ils dépérissaient.

Nous avons tour à tour observé les boutons sur le dos dépoilé et rouge vif de l'un des lièvres, Bambou. Pauvre Bambou ! Il regardait le docteur, puis renfouissait la tête entre les pattes en grelottant. *La maladie est très avancée*, a remarqué Dave en indiquant les grappes de lésions et l'épaisse couche de sébum qui recouvrait la peau. Tandis qu'il observait Bambou, Dave a pâli, ses genoux ont plié, il s'est appuyé sur une cage et a inspiré profondément une demi-douzaine de fois avant de sortir en titubant s'asseoir par terre ; puis il a enfoncé les dents dans la manche de son gilet en fixant l'horizon, comme un chien abandonné, un bâton dans la gueule.

Dave ? Viens t'asseoir avec nous, Dave. Diane et moi l'avons relevé et transporté jusqu'à nos chaises, à l'ombre, où il a bu un grand verre de limonade.

Il s'était, disait-il, soudainement senti happé par l'inquiétude : un moment de faiblesse à la vue des boutons. *Bambou va mourir !*, s'est-il exclamé. Oui, comprenait-il soudainement, tous les animaux qui passaient présentement à travers un marais, une flaque ou un champ recouvert de la mousse seraient atteints aussi. *Et d'autres vont mourir là-dedans !* – il a désigné du doigt le chemin qui longeait les ruines de la Zoozone et qui menait vers plusieurs acres de forêt impénétrable, où l'on savait à peine ce qui pouvait se terrer, se fabriquer, proliférer et se répandre dans l'eau. Avant, nous a-t-il expliqué, il croyait pouvoir prendre le dessus sur toutes les forces qui menaçaient les animaux : la pollution, le braconnage, la destruction des milieux naturels. Il pensait pouvoir sauver un grand nombre d'animaux, en guérir, en voir reprendre vie, non seulement grâce au Réseau d'urgence pour la faune, mais aussi par une prise de conscience globale.

Mais aujourd'hui, tout se dégrade. Et on ne peut rien y faire.

Tu ne dois pas dire ça, Dave, l'a interrompu le docteur. *Parce que même si tu avais raison, ça ne changerait rien. Il reste une quarantaine d'animaux à soigner, des appels entrent tous les jours pour l'Unité mobile et on ignore l'ampleur du déversement d'androgènes. Personne n'a de temps pour le défaitisme.* Et comme pour illustrer son propos, il a agrippé un bénévole au passage et l'a envoyé chauffer des biberons de lait. Puis il est parti chercher les bébés renards, en a assis deux sur ses genoux et a donné le troisième à Roberta pour qu'elle lui donne à boire. Les renardeaux goulus tétaient avec tant d'avidité que le lait sortait par grosses coulées de chaque côté de leur museau.

Voilà qui est trop précieux, a déclaré le docteur, *pour être sacrifié au nom de la lucidité.*

Quelle mauvaise habitude, a-t-il continué, que cette prétention à refuser le mensonge et à regarder la réalité en face ! *Car le réalisme mène toujours au même point de vue sombre : faut pas sous-estimer les problèmes ! Ça sera pas si simple qu'on le croit ! Aujourd'hui, je choisis de penser que la crise de l'acné est le résultat d'un accident. Demain, à la lumière de nouvelles informations, je pourrai décider de croire autre chose : que le mal se résorbera de lui-même, que je saurai bientôt en contenir les symptômes ou qu'une maladie de cette ampleur attirera l'attention du public et permettra de recueillir des dons pour le Réseau. Peu importe l'histoire que je me raconte, ce qui compte, c'est d'abord qu'elle m'aide pendant un temps à poursuivre le travail.*

Les renards, après avoir bu, semblaient vouloir dormir et, tandis que nous les portions au lit, le docteur poursuivait à voix basse son discours. *Lorsque le monde change autour de nous, il faut trouver de nouveaux espoirs auxquels s'accrocher.* À Dave, plus prompt à l'abattement, il conseillait même de garder en tête trois ou quatre hypothèses optimistes sur l'avenir du monde. *Comme ça, si une hypothèse se révèle fausse, pas de souci, tu as de la confiance en réserve.*

Il y a vingt ans, nous a-t-il raconté, il travaillait dans le laboratoire génétique du Dr Claude, à l'École de médecine vétérinaire. Les recherches du Dr Claude portaient sur l'alimentation : son laboratoire utilisait de petites mouches à fruits, les drosophiles, chez qui il introduisait progressivement un régime alimentaire à base de graisse animale. À un millier de mouches, une confiture de fruits mêlée de saindoux était servie. Certaines, croyait le Dr Claude, refuseraient ce menu et mourraient, mais d'autres l'accepteraient et y pondraient des œufs. La seconde génération de mouches serait naturellement mieux disposée à l'égard du saindoux et la proportion de graisse de porc dans leur alimentation pourrait augmenter, jusqu'à ce qu'une diète totalement carnivore convienne, selon les hypothèses du Dr Claude, aux drosophiles de la cinquantième génération.

Le laboratoire conservait des drosophiles en réserve, dans une grande boîte où le Dr Denis versait régulièrement les cœurs de pommes et les pelures de bananes qu'il récoltait à la cafétéria. Elles s'y reproduisaient à toute vitesse. Une nuée aveuglante s'en envolait dès que le Dr Denis ouvrait la trappe. Cette boîte s'avérait fort utile, car les drosophiles n'adoptaient pas le saindoux au rythme que le Dr Claude avait anticipé. Il se produisait toujours, environ au moment où le menu se composait de saindoux aux deux tiers, un déclin fulgurant de la population de drosophiles, qui disparaissait en quelques jours. *Pas grave !*, disait alors le Dr Claude, *puisqu'on ne manque pas de drosophiles*, et il commandait au Dr Denis de libérer, pour une reprise de l'expérience, les mouches neuves qui attendaient dans la boîte. Le Dr Claude ne serait jamais à court d'espoirs, puisqu'il y aura toujours d'autres drosophiles.

Voilà ce qu'il te faut, a-t-il finalement conseillé à Dave en se penchant vers lui. *Un stock d'espoirs inépuisables, pour ne jamais abandonner le travail !*

Et au même moment, le Refuge s'est illuminé pour la nuit et des bénévoles chargés du repas ont sorti leur tête par la fenêtre en disant : *Ohé ! Venez manger, c'est l'heure.* L'air s'est empli d'une odeur de fleurs, d'humidité, de barbecue et de fumier. Une dernière corneille a lancé son cri, dans son arbre, avant la nuit. Et tous, nous sommes restés silencieux, car les paroles du Dr Denis flottaient encore dans nos esprits.

Nous sentions que l'heure d'affronter le « biologiste » approchait inexorablement, et ses paroles nous faisaient l'effet d'un talisman. Mieux valait éviter, comprenions-nous maintenant, de dresser un inventaire réaliste des dangers devant nous. Et si d'aventure nous traversions de mauvaises surprises, pas de souci :

il y aurait toujours une autre manière de faire un portrait encourageant de la situation ! Sous-estimer la force de notre adversaire, compter sur un hasard providentiel, penser que la vertu et le courage triomphent : peu importe ! Bien sûr, ces illusions meurent à peu près aussi vite qu'elles ont surgi, drosophiles pondant dans la chair de nos espoirs trop mûrs. Alors qu'elles pondent et se reproduisent ! Que les nouvelles remplacent les vieilles ! Et surtout, ne pas s'attacher : il faut remplacer le stock des illusions qui rassurent !

15

Alors que nous entrions dans le bâtiment principal pour y prendre notre repas, la bénévole qui téléphonait dans le bureau du Dr Denis nous a fait signe : *Je crois que vous serez contents d'entendre que j'ai mis le doigt sur le repaire de notre biologiste. Ici*, a-t-elle fait en écrivant une adresse sur un bout de papier, *quelqu'un a commandé trente kilos d'hormones variées. — Quand cela ? — Il y a un peu plus de deux mois. Puis dix kilos encore hier, au nom de von Linné. À mon avis, il s'agit d'un pseudonyme. L'adresse correspond à une maison délabrée.* Le docteur a déroulé une carte sur la table et s'est tourné vers Roberta : *Êtes-vous déjà allée par là ?* Roberta s'est approchée pour déchiffrer le dessin de la zone. *Mais c'est chez nous ! Enfin, tout près. Je croise cette maisonnette assez souvent et c'est justement derrière que j'ai aperçu mon bonhomme.*

Tout le groupe s'est immédiatement mis en action. Dave est monté chercher des habits sombres tandis que je préparais avec Diane un sac contenant quelques lampes de poche, des caméras et des flacons. Le docteur nous a dispensé ses derniers conseils puis, sous ses au revoir et ceux de Roberta, nous avons foncé à bord de l'Unité mobile d'intervention faunique en direction de la maisonnette.

L'endroit est apparu au tournant de la route, sale, sans lumière, au milieu d'un jardin herbu. Nous avons arrêté la jeep près de la porte et braqué nos lampes vers le bâtiment : nous distinguions les vitres cassées, les trous dans les marches de l'escalier avant et un couvert de mousse sur le toit défoncé. Personne à l'horizon. Seuls le vent dans les feuilles, notre propre souffle et le son des moustiques meublaient le silence. Diane a poussé la porte et, de sa lampe, éclairé l'amas de déchets qui recouvrait le plancher : *C'est vide* – puis Dave a fait le même constat en sortant d'une autre pièce. La maisonnette n'était plus habitée depuis longtemps. Des fleurs commençaient à pousser sur le bois pourri, dans l'air flottait une forte odeur de fiente et, en arpentant la demi-douzaine de pièces à la recherche de quelques traces récentes, je ne trouvais que le délabrement, la désertion et les signes d'un lent envahissement par la nature.

Venez voir ça !, s'est soudainement exclamée Diane. Elle se tenait sur le balcon arrière, la lampe dans la main, et nous indiquait l'étendue d'herbe qui s'ouvrait devant elle. *Vous ne voyez pas ? Il y a des traces !* En se penchant, on voyait en effet dans les graminées un sillon (probablement imprimé par le passage de nombreux objets lourds) qui menait à un bosquet au pied d'une falaise. La maison ne servait donc que de point de chute ! La piste conduisait au véritable repaire !

Nous avons sauté dans le bosquet, écarté les branches et promené nos lampes jusqu'au bout du sentier, puis plus haut sur la falaise, en y recherchant un chemin grimpable. Mais la falaise n'offrait qu'une surface lisse, sans prises ni coinceurs, non escaladée. *Pourtant, cette piste mène nécessairement quelque part*, s'obstinait Dave – et des nuages passaient devant la lune, en troupeau rapide, poussés par le vent tiède tandis qu'un oiseau criait, nasillard. Nous contemplions tous trois l'escarpement abrupt et respirions l'atmosphère apaisante de la nuit, sans parler – une grenouille a coassé, les feuilles d'un peuplier ont bruissé – et comme nous restions immobiles dans le noir, nos yeux se sont progressivement habitués à la nuit et, tirant profit de cet ajustement exact de nos pupilles, nous avons reconsidéré la falaise. C'est alors qu'une grotte s'est révélée sous nos lampes, flanquée de deux rochers, ouverte comme une bouche de trois mètres, calme et énigmatique. *On entre ?*, a fait Dave, à la fois légèrement hésitant et fébrile, avant d'esquisser un premier pas en direction de l'ouverture.

Oui, est intervenue Diane, en faisant signe de nous arrêter, *mais attention : nous y voilà vraiment.* Elle voulait dire : tout près d'en finir une bonne fois pour toutes, nous trois avec le nébuleux, avec le sinistre, qui attendait à quelques pas de nous, l'épouvantail. Étions-nous prêts à cela ? C'est-à-dire calmes et détendus, débarrassés des germes de panique, des pensées nuisibles, des idées inquiétantes ? Diane craignait surtout que les hypothèses de complot et d'ennemi invisible sur lesquelles nous avions spéculé tout l'après-midi ne minent notre courage au moment où nous affronterions enfin le « biologiste » en personne. Car, ajoutait-elle, cette rencontre s'achèverait probablement par quelques paroles – une bousculade peut-être – et la police, que nous saisirions dès que possible de l'affaire, s'assurerait de faire régner la loi. *Donc, pas de raison d'avoir peur*, a prévenu Diane avant de faire remarquer qu'à trois, nous aurions peut-être l'avantage du nombre. *Et de toute façon, j'ai ceci dans ma poche*, ai-je ajouté en sortant le poignard militaire que Robert m'avait prêté, mais Diane et Dave ont paru troublés, comme devant un mauvais présage, et me l'ont fait ranger aussitôt.

La grotte formait un hall, dont les proportions généreuses rappelaient celles d'un petit temple carré qu'on aurait coiffé d'un plafond en dôme. Quand on y entrait, l'air devenait immédiatement plus lourd et plus froid. Une lumière raréfiée pénétrait par l'ouverture et révélait la superficie lisse et régulière du sol et ce qui, au bout, ressemblait à un couloir. Des parois que nous frôlions en marchant jaillissaient quelques cristaux – comme une éruption de petites pustules de quartz à la surface de la roche – et dégouttait une eau un peu collante qui laissait une odeur aigre. Nous avancions vers le couloir par petits pas, silencieux, en gardant l'oreille ouverte et en supposant qu'à tout moment surgirait l'occupant de ce lieu.

Dave nous a précédés dans un boyau et, après un temps, sa main nous a fait signe d'approcher. *Regardez comme c'est bizarre !* Une sorte d'alvéole dans la caverne accueillait un lit disposé sur un tapis de laine rectangulaire avec une étagère, deux lampes sur pied, un fauteuil et une table garnie d'un bol d'arachides. *Il y a même l'électricité*, a remarqué Diane en désignant un interrupteur. Elle a allumé les deux lampes qui occupaient les coins du réduit rocheux, ce qui a révélé encore davantage le confort et le soin mis dans son aménagement. *Pas mal !* a lancé Dave en testant le fauteuil. Diane a contemplé un coussin brodé tandis que je faisais le tour de l'alcôve, soulevant le tapis, admirant le bois des meubles, caressant les abat-jour en mousseline de soie, tâtant le matelas et consultant sur l'étagère le mélange de tabloïds et de vieilles éditions de la revue *Nature*. Dave a fait l'inventaire du mini-frigo. *Peu importe qui est ce biologiste, on saura qu'il aime les sandwichs au jambon et les petites carottes en crudités. Et il boit du jus de légumes. Et du chardonnay !* Il a sorti la bouteille de blanc à moitié pleine et l'a remise après avoir lu l'étiquette et senti le goulot. *Notre homme doit être tout près.*

L'heure avançait. *Déjà minuit !*, a constaté Dave avant de proposer que l'on poursuive l'inspection en explorant un autre conduit. Celui-ci formait un étroit tuyau où il fallait progresser accroupis en surveillant les bosses et les trous, où les pieds glissaient et où nous heurtions nos fronts. Flottait une odeur de solvants. *La roche est comme gluante*, s'inquiétait Dave : il a remonté son collet par-dessus son nez par peur des émanations toxiques, et regardé plusieurs fois en arrière. La possibilité d'être piégé dans ce tuyau éveillait des peurs profondes. Qu'il s'écroule ?

Exactement l'image qui nous venait et qu'il fallait rejeter hors de notre esprit – une mort horrible, dans le noir, par dessèchement ou par asphyxie. Et nos corps introuvables, pour toujours disparus ! Après que nous avons effectué quelques reptations et retenu notre souffle, le tunnel s'est élargi, devenant suffisamment haut pour qu'on s'y tienne debout, et nous avons poursuivi avec confiance.

Au bout du tuyau, la grotte s'ouvrait en une voûte spacieuse comme le ventre d'une baleine. Le roc des parois formait des plis excentriques, s'étirait en stalactites et s'écartait pour créer des cavités sombres, alors qu'au sol, d'innombrables cailloux s'empilaient, parfois en monticules. Il fallait prendre garde aux failles qui s'ouvraient sous nos pieds. Et alors que nous explorions l'espace prudemment, en promenant nos lampes sur tous ses recoins, Dave a attiré notre attention : *Regardez, voilà son laboratoire !* Il avait découvert une armoire et une longue table en inox. Au-dessus de celle-ci pendaient quelques néons ; Diane a actionné l'interrupteur et, sous la lumière fluorescente, tous les détails des installations nous sont apparus : des tubes, des bidons, des seringues et un microscope s'alignaient sur la table ; l'armoire débordait de fioles, de boîtes variées, de quelques sarraus propres et, au-dessus de l'armoire, deux ordinateurs dormaient à l'abri dans un sac hermétique. Un tabouret, où pendait un sarrau, était posé tout près. Dave et Diane ont sorti leur caméra pour documenter les installations. Moi, je suis parti inspecter le reste.

Je gravissais les roches, les monticules, et j'évitais les stalactites, me sentant intrépide, léger et effervescent, m'éclairant à la lampe, anticipant les gouffres, gravissant les parois. La facilité avec laquelle nous progressions dans notre aventure nous avait rendus allègres et optimistes. Pas de souci quant au « biologiste » : il semblait parti ; nous avions l'avantage, s'il venait, de le surprendre chez lui ; le mystère de l'acné s'éclaircissait ; bref, nous sentions en notre faveur un élan qui nous poussait à tenter diverses manœuvres : une sorte d'engouement pour les imprévus, d'état mental Tarzan, de vague soulevant notre métaphorique pirogue vers un archipel tropical. C'est animé de cet esprit d'aventurier, donc, que je filais et bondissais de roche en roche, entre les crevasses, inspectant les recoins de la grotte.

Un amas de formes collées au plafond m'a interpellé alors que je longeais une faille qui scindait le sol. Ça semblait bouger subtilement de l'autre côté : un remuement par-ci, un remuement par-là, quelque chose comme une aile, peut-être une touffe de poils vibrant dans la lumière de ma lampe : des centaines de chauves-souris brunes pendaient du plafond. *Venez voir !*, ai-je appelé. Quand Diane et Dave se sont retournés, une nuée de créatures s'est détachée de la masse et m'est passée sous le nez avant de frôler Dave et de s'enfuir dans le couloir en voletant. *J'ai cru qu'elles fonçaient sur moi ! Mais celle-là*, a fait Dave, en se ressaisissant, *m'a bel et bien accroché. Regardez !* Il s'est penché pour cueillir une chauve-souris assommée par terre. Il l'a prise dans ses mains (elle bougeait à peine) et en l'inspectant s'est exclamé : *Je crois que c'est Titi !*

Mais en vérité, il ne s'agissait pas de Titi. Dave avait noté des boutons sur le corps du mammifère, des boutons symptomatiques de ce mal dont Titi était atteinte, mais pour le reste – une fois couchée sur l'inox, et à la lumière du néon – il fallait admettre qu'il s'agissait d'une tout autre chauve-souris. *La maladie commence*, jugeait Diane, en inspectant le nombre de boutons et leur allure, *mais elle a déjà l'œil vitreux et le pouls faible.* Diane l'a placée à l'abri dans un plat, afin que nous puissions la traiter plus tard, pendant que j'allais, avec Dave, au bord de la faille pour voir de plus près les chauves-souris. De loin, nous distinguions à peine leurs corps. Elles dormaient, étroitement regroupées sur le même plafond, offrant comme une peau continue, bosselée de têtes, ponctuée de poils fins, hérissée quelques fois d'oreilles, faisant une tache comme de la mousse ou un vieil hématome. *J'ai l'impression*, a dit Dave, *qu'elles sont toutes malades.* En effet : même de loin, se devinaient, au travers du pelage, les perles blanches de l'acné et l'excès de sébum sur leurs ailes. Tout le groupe pendait sans grande énergie. On devinait leur sueur et leur souffle faiblard, signe d'une mort imminente (probablement sur place, à moins qu'elles ne s'échappent massivement de la grotte et ne finissent quelque part sur les rives d'un étang). *C'est l'hécatombe*, a lancé Dave, s'emportant soudain. Il arpentait la grotte et voulait cogner, rugissant *Qu'il arrive, celui-là !* Il faisait craquer ses jointures.

Dans l'heure suivante, nous avons tourné en rond, cherchant à nous rendre utiles, un peu fatigués, mais plus que jamais intrépides : Dave a mis de côté des bâtons pour faire des gourdins, au cas où il deviendrait nécessaire de se battre ; Diane a exploré les anfractuosités pour voir s'il s'y cachait du matériel ou un chemin ; quant à moi, je gardais l'amas de chauves-souris à l'œil, y scrutant les signes de la présence de Titi. *Serait-ce elle ?* L'une des chauves-souris placées sur le bord a semblé regarder dans ma direction. Elle a tenté un décollage, mais, probablement trop faible, a dû se raccrocher.

Titi ? Est-ce que c'est toi ?

Dave m'a assuré qu'il s'agissait d'une autre. J'étais prêt à dénicher une planche pour fabriquer un pont ou à accrocher un grappin sur un pic et à me balancer jusqu'au trou où elle dormait, mais Dave a su me modérer à temps et je l'ai remercié d'avoir éteint en moi cette lubie qui n'aurait pu se terminer que par une chute fâcheuse.

Une autre mauvaise idée aurait pu mal finir, si l'on ne l'avait, à la dernière minute, interrompue à cause d'un accident. Sous la table en inox, Diane avait identifié l'entrée d'un canal étroit plongeant quelque sept ou huit mètres plus bas – un puits tout exigu qui descendait en ligne droite et semblait hérissé de rochers pointus. On devinait, au bout, une concavité qui servait peut-être de cachette ou d'entrepôt – à moins que n'y soient gardés des animaux, les spécimens employés dans les expériences. Diane était tentée de descendre : *Au pire, je remonterai à mi-chemin*, faisait-elle, voyant le peu d'encouragement qu'on lui offrait. Il lui fallait un long câble, des attaches solides, des gants et une boîte de pansements au cas où elle tomberait. *Vous pourriez m'aider !*, insistait-elle en fouillant dans le laboratoire pour réunir son équipement. Nous avons cédé et fini par lui proposer notre aide. Mais alors que je déplaçais des instruments, je me suis coupé la main sur la lame d'un bistouri dissimulé dans le désordre, au fond d'un tiroir.

Le sang s'est mis à jaillir à grosses gouttes de mon doigt et à se répandre sur le roc, où il laissait de longues coulures brunes. En même temps, les questions se précipitaient dans ma tête : combien de bactéries pullulent sur cette lame ? S'agit-il d'un piège posé là sciemment ? N'enfle-t-elle pas, ma main (j'imaginais même qu'elle se couvrait spontanément de boutons) ? Il fallait que je lave ma plaie. Diane avait vu plus tôt, au « salon » (la première des deux cavités), un bidon d'eau et une savonnette. Elle a proposé que nous nous y rendions, ajoutant que, pour attendre notre homme, le fauteuil offrirait plus de confort que les roches du laboratoire.

J'ai donc pu m'asseoir dans le fauteuil, nettoyer ma blessure et laisser la douleur passer. Mais Diane et Dave restaient sous l'emprise de leurs lubies ; l'esprit aventurier s'était installé en eux et les empêchait de se tenir tranquilles. Diane se levait toutes les cinq minutes pour négligemment jeter un coup d'œil aux accès du salon. Dave tournait en rond en se plaignant qu'il avait faim et, comme il avait vu plus tôt qu'il restait quelques sandwichs dans le frigo, il nous a proposé d'en partager un. Ô l'imprudence, ô la folie de tout essayer au hasard !

Mais pouvez-vous rester calmes ? Ne voyez-vous pas autour de vous la menace ?, ai-je lancé en montrant ma main blessée. Dave et Diane devaient retrouver leur sang-froid. Ça les arrangeait de croire que nous avions pris le dessus sur le « biologiste » ou que celui-ci ne reviendrait jamais et que cette visite dans son repaire se terminerait sans incident. Mais c'était justement ce qui les faisait courir à leur perte : ils entraient dans une réalité parallèle, se laissant aspirer par leurs fantasmes, pendant qu'autour le danger s'installait. *Comme vous, j'ai bien envie qu'il ne nous arrive rien de mal. Mais cette envie, nous devons la mettre de côté*, ai-je expliqué. *Autrement, elle nous menace.*

Parce qu'on crée, on fond, si souvent les causes de son propre malheur !, ai-je théorisé à voix haute. On se met à voir, à la place du monde réel, les signes de ses désirs, et c'est avec ce genre d'idées en tête, avec cette vision obstruée, que l'on met le pied dans les pires pièges. On aperçoit, par exemple, une plante vénéneuse et on veut la croire inoffensive parce que sa fleur est trop belle. On s'enfonce dans le désert où, à terme, on mourra de soif, parce qu'on ne cesse de projeter des images mentales d'oasis. *Même les poissons*, ai-je ajouté. *S'ils sont pêchés, c'est parce qu'ils veulent croire à l'appât. Cette nourriture facile les séduit et, devant une si belle occasion, ils acceptent de mordre. La tentation les aveugle.* Et après quelques exemples supplémentaires, j'ai regardé Dave et Diane tour à tour dans les yeux et conclu avec cette phrase :

Rien n'offre de meilleures chances de survie que l'indifférence à ses propres fantasmes – et ils m'ont donné raison. C'est donc dans un état beaucoup plus calme et installé dans une attitude réaliste que nous avons guetté le retour du « biologiste ».

16

Avachi confortablement dans le fauteuil, en attendant le « biologiste », je me suis assoupi, ct un rêve surprenant m'est venu. J'étais avec Dave et Diane dans un grand champ de fraises et nous marchions et mangions les fruits qui y affleuraient. La température élevée et le soleil robuste leur donnaient du goût et nous parlions – peu importe de quoi – en portant les fraises du plant à nos bouches. Un certain climat d'insouciance régnait dans ce rêve et le temps s'écoulait lentement, jusqu'à ce que quelque chose de trouble s'installe : les fraises nous ont semblé s'être dégradées, un goût pourri — subtil, mais tenace – distinguait les fraises qui nous entouraient des précédentes. Et plus nous progressions, plus ce goût s'accentuait : aigrelet, râpeux, aux relents de champignons – à chaque pas, nous grimacions davantage. Et c'est alors qu'en regardant le chemin derrière, nous avons constaté que notre passage n'avait laissé aucune trace. Le champ de fraises s'était comme refermé derrière nous, à la manière des eaux d'un lac, et il offrait de tous les côtés le même paysage plat et ininterrompu. Embrouillés quant aux points cardinaux, dépourvus de repères, nous étions complètement perdus. Une seule référence pouvait nous indiquer la direction d'où nous étions venus, et c'était le goût des fraises. Nous devions engouffrer les fraises en marchant, pour remonter du secteur des fraises pourries jusqu'au secteur des pas pourries, notant à chaque pas la dégradation de la saveur, retrouvant notre chemin dans le nuancier du goût. Nous nous sommes donc remis en route en avalant des fraises, en débattant de l'intensité de leur pourriture et en suivant le trajet indiqué par cette boussole – sans savoir avec certitude si nous avancions ou si nous tournions en rond. Et lorsque je me suis réveillé, je sentais encore ce goût de fraises pourries recouvrir ma langue, tandis que je retrouvais la grotte éclairée à la lampe, son fauteuil et son tapis de laine.

Je viens de faire un rêve, ai-je commencé – et j'allais le raconter, quand Dave m'a fait signe de me taire : un bruit avait résonné dans l'écho de la grotte. *Une voiture*, a murmuré Diane, qui se tenait elle aussi tapie près de l'entrée, l'oreille tendue, retenant son souffle.

Quelqu'un s'approchait. Nous avons éteint la lumière et nous nous sommes tus.

Dave et Diane étaient prêts à l'action, les mains devant, le cou tendu. De mon côté, je continuais à me dégourdir, mais j'avais tant de difficulté à y parvenir ! Mon cerveau n'avait pas quitté le champ où il se consacrait encore au goût des fraises, à en déterminer la part d'avarié dans le goût total. Et je réalisais – peut-être en raison du voile qui tombait sur mon rêve tandis qu'il s'éloignait, ou peut-être parce que j'avais trop pensé pour voir clair maintenant dans mes sensations – que je savais de moins en moins distinguer le goût habituel d'une fraise de celui, dégradé, des fraises dont j'avais rêvé. S'il avait fallu que je me trouve alors perdu dans le champ de mon rêve, j'aurais encore longtemps erré, tant j'étais plein, tant j'étais imbibé de leur saveur âpre. Ô comme j'aurais aimé alors en avaler une au goût exact, une fraise, pour recalibrer ma langue et faire le ménage dans mes repères ! Mais tandis que j'émergeais de ces contemplations, me levant du fauteuil, les mains sur les accoudoirs, j'ai vu surgir devant moi une forme sombre.

Une secousse a traversé la pièce d'un coup. Diane a tenté de saisir par-derrière le poignet de l'homme, alors que Dave bouchait l'entrée : mais l'inconnu s'est dégagé par un puissant bond, entraînant Diane au sol. Dave a empoigné une chaise, prêt à l'assommer – sauf qu'il ne voyait rien ! *Rallume !*, a-t-il lancé à mon intention. Je cherchais l'interrupteur à tâtons. L'homme a filé devant moi, accroché Diane – qui tentait de se relever – et chuté avec elle de telle sorte que Dave, dans l'obscurité, ne savait plus où frapper ; pendant ce temps, je cherchais toujours l'interrupteur. Enfin, la forme sombre s'est projetée hors du salon, sans que nous ayons vu son visage ou les vêtements qu'elle portait, tandis que Dave s'élançait par erreur sur Diane et que j'allumais enfin les lampes.

Il vient de s'enfuir !, ai-je constaté, voyant le salon sens dessus dessous, les deux autres au sol et l'ombre d'un pied qui disparaissait sur le seuil.

Nous nous sommes tous trois élancés à sa suite : le son de ses pas nous parvenait nettement. Dave tenait la chaise, Diane la lampe de poche, et moi, j'ai tiré de mon sac le couteau militaire. *Il a pris cette faille !* Diane a montré un trou que nous avions manqué plus tôt dans nos recherches et qui s'enfonçait, tout étroit, dans le roc. Nous y sommes entrés péniblement. *Est-ce par là ?*, a demandé Dave avant de remarquer que le bruit de la course s'était estompé. D'autres bruits nous parvenaient, mais comme éteints et semblant provenir de multiples directions. Avions-nous manqué un embranchement, un puits ou une porte secrète ? Diane a éteint sa lampe et nous avons guetté l'apparition d'un reflet sur le roc humide. *Là-bas !*, a fait Dave : on voyait, au bout du corridor, deux lueurs qui se mêlaient furieusement. *Approchons-nous !* Et sans rallumer nos lampes, nous avons repris, presque en rampant, tâtant les obstacles, notre avancée dans ce tunnel étroit.

La progression nous a pris quelques minutes, pendant lesquelles les lumières s'approchaient, complètement indécodables : y avait-il vraiment là, dans ce tunnel, le « biologiste » doublé d'un hypothétique acolyte, s'agitant comme des forcenés, mais en silence, leur lampe de poche à la main ? *Oh, zut !*, a fait Diane lorsque, finalement, nous avons touché au but : nous avions emprunté le mauvais chemin. La lumière était produite par un simple gyrophare dans un petit trou, qui lançait des flashs, et les bruits de pas provenaient vraisemblablement de deux haut-parleurs. *Mais alors... !*, a commencé Dave. Nous avons inspecté le dispositif de son et lumière et constaté qu'une antenne permettait de l'actionner à distance. Quant au tunnel, il ne menait absolument nulle part. Nous sommes revenus aussi vite que possible, mais déjà un temps précieux nous avait échappé : la grotte, silencieuse, semblait maintenant déserte.

Restait à savoir par où il était passé. Dave a inspecté la voûte principale, tentant d'escalader les roches, cherchant l'issue secrète. De mon côté, j'ai soulevé le fauteuil et déplacé le mini-frigo, au cas où un levier ou une trappe auraient été dissimulés sous les meubles du salon. Mais c'est finalement Diane qui a découvert, en rentrant dans le tunnel, l'embranchement secret recouvert d'une fausse roche en styromousse peinte. *Il nous a bien eus !* L'embranchement s'ouvrait sur un puits où pendait une échelle ; en grimpant quelques mètres, on arrivait dehors, dans un lieu très discret, entre deux gros sapins. *Il s'est sauvé à moto*, a remarqué Dave, en indiquant les traces. Nous entendions le bruit du moteur, au loin, porté par le vent qui caressait nos visages – nos visages depuis un moment habitués à l'air stagnant et aux effluves humides qui planaient dans la grotte. Nous avons empli nos poumons d'air frais, regardé le ciel, et Diane a déclaré qu'il était temps de redescendre.

Le « biologiste » ayant disparu, nous avions, jugeait Diane, le champ libre et tout le temps nécessaire pour récupérer des données et des échantillons. *On note, on photographie et on repart*, résumait-elle en guise d'encouragement. Mais c'est avec le cœur serré et désormais rempli d'un incommensurable sentiment d'échec que nous avons refranchi le tunnel étroit et gluant qui menait au laboratoire. Lorsque nous avons émergé du boyau exigu, Dave est allé se planter devant l'anfractuosité où pendaient les chauves-souris – la multitude de chauves-souris faiblissantes – et il s'est mis à circuler, comme rêveur, en considérant du regard la table en inox, le mobilier et les instruments scientifiques. Puis il a fait une grimace enragée. *Qu'il aille au diable !* Du fond de la grotte où il s'était avancé, il a couru vers le laboratoire et projeté d'un violent coup de pied la table, les tabourets et l'armoire qui se sont écrasés avec toutes leurs fioles et seringues sur le tapis de cailloux. Il a paru content ; mais Diane s'est immédiatement jetée sur lui.

Du calme, Dave ! Notre mission consiste à comprendre ce qui s'est produit dans ce labo. Il valait mieux, selon elle, analyser soigneusement la situation et s'en tenir à des considérations posées. À quoi servait-il de piller et de détruire bêtement les installations ? Il fallait plutôt donner l'exemple d'une attitude constructive. De plus, se demandait-elle, nous avions peut-être tort de condamner si vite le « biologiste ». *Qui sait s'il n'était pas animé des meilleures intentions ? Peut-être, par exemple, testait-il un remède pour les animaux et ses expériences ont mal tourné. Si ça se trouve, maintenant il se cache et vit rongé par la culpabilité.* Diane s'interrogeait aussi sur les retombées de la propagation d'acné et se demandait s'il n'en était pas ressorti des effets positifs. Et en parlant, elle soulevait les contenants et ouvrait les tiroirs sous la table, d'où elle extirpait des carnets remplis de notes et de gribouillis. Tout cela, suggérait-elle, pourrait nous aider à mieux comprendre et à remettre en question les interventions du «biologiste». *Profitons de l'occasion pour réfléchir un peu. Réfléchir, ça fait du bien !*

Mais au contraire !, a rétorqué Dave en battant des bras. *Nous sommes devant un écrasant, un ravageur, un – comment dire ? – un véritable engin de destruction doté de moyens stupéfiants ! Rien ne l'arrête !* Ce n'était pas le moment, croyait-il, de soulever de nouvelles questions ou de s'attarder à comprendre la complexité de la situation. «Penser» avait assez duré : «penser» était justement ce que faisait l'ennemi et, sur ce terrain, il semblait utopique de le battre. «Attaquer» serait le nouveau mot d'ordre – et en expliquant son idée, il a lancé une boîte en métal dont le fermoir a cédé, révélant diverses choses : outils, peigne, gilet, emballage de biscuits…

Et parmi ces choses, un bocal a roulé sous nos yeux vers une faille dans le sol ; j'ai bondi droit dessus, juste avant qu'il ne tombe, car, vu de loin, son contenu semblait m'appeler. *Qu'est-ce que c'est ?*, a demandé Diane, quand j'ai eu le bocal en main. *Vous ne la reconnaissez pas ?* J'ai dirigé ma lampe vers le contenant et révélé un petit chat écorché qui y flottait, roulé sur lui-même. Sur la poitrine de ce chat s'accrochaient deux gros seins greffés. Tout le corps, parfaitement conservé par le formol, semblait prêt à bondir de nouveau. Ses yeux mi-clos transmettaient encore cette singulière mélancolie assortie de résignation qui faisait le propre du regard de Moxie. Je me suis avancé, tenant respectueusement le bocal à deux mains, gardant le dos droit et les bras tendus ; Dave et Diane ont baissé le regard par respect.

Après cela, Diane a opiné aux arguments de Dave et celui-ci, donnant enfin libre cours à son projet d'attaque, s'est lancé dans la grande démolition à laquelle il nous avait conviés. Chacun, avec un bout de métal ou son pied, a mis à sac le laboratoire, emportant les ordinateurs portables et les carnets de notes, rendant le reste inutilisable en frappant dessus ou en le lançant – j'ai même mis à profit le couteau militaire et fait des sarraus du « biologiste » une poignée de lambeaux ridicules. Quel bonheur d'envoyer une grosse balance au mur et de piétiner des tubes et des flacons, puis de traîner les débris dans un précipice afin qu'ils se couvrent de moisissures et de boue ! Pendant ce temps, voletaient autour de nous les chauves-souris que le tapage effrayait ; elles cherchaient le tunnel qui les mènerait dehors, s'essoufflaient, retournaient s'accrocher. Après une heure, le laboratoire ne formait plus qu'une série d'éléments explosés parmi les cailloux.

Et quand notre grand ménage est apparu complet, j'ai compris que nous avions triomphé de quelque chose. Était-ce le « biologiste » lui-même qui s'avérait vaincu ? Non, il courait toujours. Mais l'ennemi que nous avions terrassé présentait un danger au moins aussi terrible : c'était notre propre mollesse qui gisait par terre, ce boulet, ce handicap. Nous avions définitivement évacué cette tendance à la réflexion qui avait jusque-là compliqué notre tâche. Car, pensais-je, y a-t-il adversaire plus épuisant que cette habitude que l'on a de tout relativiser ? Ajoutez du relativisme dans n'importe quelle situation, et ce qui apparaissait comme un problème mineur se transforme en un problème tentaculaire, dont chaque appendice est plus ventouseux et plus strangulatoire que le précédent. Le relativisme est un éternel multiplicateur de confusion ; il n'y a pourtant rien de tel dans la nature ! Un ours voit une truite : s'il songe un instant qu'il pourrait tout autant s'empiffrer de bleuets, la truite a le temps de passer avant qu'il ne mette la patte dessus. Un ours relativiste n'arriverait à rien ! Les truites auraient beau se succéder devant lui, il persisterait à remettre en question son repas. *Je pourrais tout aussi bien ramasser des pousses ou m'offrir quelques coléoptères. Et plus encore, peut-être que d'autres animaux dans la forêt ont plus faim que moi ! Qui mériterait le plus de manger ? Si j'accorde la priorité à ceux parmi les animaux qui ont le plus faim, non seulement devrai-je m'abstenir de manger, mais il sera de mon devoir d'attraper cette truite et de récolter ces bleuets pour les leur offrir ensuite. À moins que cette truite ne soit précisément l'animal le plus affamé de la forêt et qu'en la pêchant, je ne contrevienne au principe même qui avait motivé mon geste.* Et voilà notre ours relativiste qui erre à travers son territoire, pesant le pour et le contre des diverses sources d'alimentation. Imaginons toute une forêt d'animaux relativistes, qui se croisent dans les clairières et sur le bord des ruisseaux, le prédateur ignorant la proie, les fruits pourrissants inmangés sur les branches et tous les animaux qui s'épuisent et meurent de faim !

Oui, en saccageant le laboratoire, nous avions secoué la gangue de réflexions complexes qui nous avaient jusque-là encombrés. Et nous étions de nouveau intenses, habiles et, puisque débarrassés du poids de ces pensées raisonnables et nuancées, poussés par l'élan que donne la certitude. Tout basculait à notre avantage, puisque notre pouvoir décuplait. Notre bras s'agitait, alimenté par des convictions inébranlables et notre regard perçait l'air embrumé avec la lumière que lui donne l'assurance. L'ennemi s'appelle « c'est relatif », me suis-je dit en abattant une barre de fer sur un dernier cadran, et nous avions gagné la bataille contre celui-là. Puis, en mémorisant cette idée, j'ai recueilli Moxie avec laquelle (avec le bocal de laquelle) je me suis engagé dans le tunnel de la sortie.

17

Toutes les heures qui ont suivi se sont accélérées, comme si les astres, les planètes et les astéroïdes avaient raccourci d'un quart leur ellipse, tant nous étions pris dans le vortex des tâches – et il est devenu imminent, le moment où, après y avoir passé quelques semaines, j'allais devoir quitter le Réseau d'urgence pour la faune. Je retournais chez moi : adieu les vacances ! C'était le temps de reparcourir en sens inverse le chemin de l'aller en regardant par la fenêtre de l'autobus, puis de faire vivre à nouveau ma porte, la serrure de ma porte, pour entrer chez moi et effectuer une sorte de replongeon dans mon paysage familier, où j'allais, comme on dit, pouvoir me retrouver. Mais quelles semaines incroyables avais-je donc passées ! Après avoir détecté les premiers signes d'une épidémie, j'avais vécu de près l'enlèvement d'animaux, une poursuite à travers un marécage et une vraie bagarre au fond d'une grotte. Le dérèglement hormonal, d'ailleurs, ne cessait de se propager : le Réseau accueillait chaque jour davantage de boutonneux, d'agonisants, de faibles animaux, sans pouvoir les guérir – maintenant, plus de quarante cages leur étaient dédiées. Mais s'il fallait se consoler, à tout le moins était-il hors d'état de nuire pour un assez long moment (nous le souhaitions), le « biologiste », désormais privé de laboratoire.

Oui, j'avais passé d'exceptionnelles vacances – et que de souvenirs j'allais en garder ! Une cicatrice me rappellerait la lame du bistouri contre laquelle ma main, dans la grotte, s'était accidentellement frottée (sans conséquence grave, heureusement, la blessure ne s'était qu'à peine infectée). Et mon corps ressentait toujours le bon coup de froid que j'avais pris en construisant une piscine au ruisseau. Mais surtout, je ramenais un carnet garni : toutes mes mésaventures s'y retrouvaient désossées, découpées, emballées et comme rangées au frigo sous forme de maximes. Voilà qui s'appelait rapporter quelque chose ! J'avais accumulé pas moins de seize boulettes – seize idées en boulettes, ou saucisses d'idées, ou pépites d'idées emballées individuellement, ou chaussons bourrés d'idées complexes et neuves (et j'allais en amasser, même si je l'ignorais, encore une ou deux de plus !).

Ces idées m'offraient un nouveau socle – une base nécessaire de notions sans compromis, de certitudes fortes, sur laquelle je pouvais asseoir mon individualité. D'ailleurs, Dave et Diane jugeaient dans les derniers jours que ma personnalité avait évolué. *Tu n'es plus le même*, m'assurait Diane, *après avoir passé tout ce temps avec les animaux.* Elle et Dave croyaient que je devenais comme eux, plus empathique avec les bêtes et plus assuré dans ma manière d'interagir avec elles (ce qui, d'ailleurs, n'était pas impossible – de là, toutefois, à croire que j'allais me mettre, chez moi, à recueillir des chats et des oiseaux...). En somme, s'étaient opérées dans ma nature quelques transformations, au fil des évènements, et, par conséquent, c'est avec l'impression d'un certain progrès que je suis descendu pour trouver les autres et les aviser que je partais le soir même.

J'ai trouvé le Dr Denis occupé dans le hall à discuter avec deux agents ; tous trois revenaient d'inspecter le repaire-grotte du « biologiste ». Ils se disaient sur la bonne piste, mais force était d'admettre que, depuis sa fuite, l'instigateur de l'épidémie d'acné, de un, échappait à leurs recherches, de deux, n'avait rien révélé de son identité et, de trois, pouvait très bien n'être que la partie émergée d'une bande ambitieuse de zoo-criminels ! Quand je me suis approché d'eux, le docteur passait en revue les divers contenants, lames, tissus et éclats de verre qu'ils avaient recueillis dans la grotte. Je n'ai pas osé l'interrompre.

Je me suis plutôt dirigé vers le site du Refuge, à la recherche de Diane et de Dave. J'ai aperçu la première grimpée sur un échafaudage, absorbée dans la reconstruction de la Zoozone, pendant que le second distribuait des doses de sérum aux animaux souffrant d'acné. (C'était nouveau : le docteur avait mis au point un « régulateur » qui contrôlait les excès d'androgènes. Pour l'instant, le sérum étirait la vie des malades de quelques jours, mais sans les guérir, de sorte que le nombre d'animaux souffrants explosait et qu'il manquait de boîtes en plexiglas pour les loger.) Tout le monde, bref, faisait autre chose – des choses plus importantes ne pouvant être interrompues : j'ai remis à plus tard l'annonce de mon départ et poursuivi ma balade sur le site.

La dernière balade ! Mes pieds ont traîné près du ruisseau ; puis autour des hangars pour véhicules où se dressaient, toujours scintillants, les trois quads ; puis sur le seuil du pavillon principal, où j'ai observé les allées et venues des bénévoles ; puis dans le parc de stationnement, où arrivaient l'une après l'autre les familles en voiture. Elles se garaient, s'appliquaient de la lotion solaire, sortaient les collations et l'appareil photo avant de se perdre parmi les tasses et t-shirts en vente à la boutique de souvenirs. Ah, la circulation incessante des gens : ça zèbre le paysage, ça remue à l'avant-plan, ça fait comme dans le ciel, ce mélange d'avions, d'oiseaux et de nuages ! Ça crée de la variation. On retient l'impression que tout se transforme. On dit : « Ça change. » Et on s'habitue à cette confusion, à cette mutation perpétuelle du paysage.

Mais parfois, les avions, les oiseaux, les nuages, où sont-ils ? Des fois il n'y a que le ciel pur, sans un nuage qui rampe ou un engin pour y tracer une ligne. Alors, on revoit ce ciel bien sûr de lui, irréductible, ce ciel qui n'est pas un demi-ciel : ce ciel qui perdure, ce ciel qui est toujours là. Et c'est bien le moment d'en profiter. Car moi, j'aurais plutôt aimé revoir le Refuge ainsi, débarrassé du bruit et du mouvement, avec son air le plus durable et persistant, pour admirer une dernière fois ses installations : la clinique, les chambres pour les bénévoles, la cantine, le chantier de la Zoozone et le hangar de l'Unité mobile – mais je me suis résigné à me mêler à la foule et à suivre le rythme d'une visite guidée, ce qui, tout de même, m'a bien permis de revoir les lieux où je venais de passer quelques semaines mémorables.

Après la visite, je me suis rendu près d'une roche où j'avais été convié par le Dr Denis, à cinq heures, *et pas question d'être en retard !* C'était une roche de grande dimension, toute en bosses rondes, qui ressemblait à une grosse personne couchée – en fait, enroulée sur elle-même, sur le côté – avec d'innombrables replis aux contours doux comme un vieux rocher de plage, poli par la mer – une roche incompréhensible, déposée là, à la limite du champ que cultivait autrefois son propriétaire. Mais cette roche – peut-être parce qu'on avait tenté, dans le passé, de la déménager, à moins que ce ne soit tout simplement l'usure –, cette roche s'était fendue, créant sur son sommet deux fines arêtes dangereuses comme des lames. Plus d'un enfant en visite s'y était coupé. Moi-même, j'avais failli m'y blesser quand, l'apercevant dans mes premières balades, je n'avais pu m'empêcher de grimper sur ses formes généreuses. Et plus je repensais à cette roche, plus je trouvais intéressant que, d'une part, elle accueille nos grimpades avec ses courbes douces alors que, d'autre part, elle nous menace avec son sommet fendu. Elle fixait à nos gestes une limite : vous pouvez grimper sur moi, disait-elle en quelque sorte, mais évitez absolument ma crête aiguisée. Et dans la mesure où nous acceptions cette règle minimale, si l'on savait, autrement dit, écouter la roche, elle ne comportait plus qu'un risque limité, contournable. Car, après y être allé une fois, on ne s'y coupait plus : le danger devenait banal, on regoûtait les rondeurs. Et je ne sais pas si le docteur avait, sur cette roche, les mêmes réflexions que moi et si c'était pour cela qu'il en faisait un point de ralliement, mais c'était, bref, devant « la grosse personne endormie » qu'il avait fixé pour Dave, Diane et moi le point de départ de notre marche vers le cimetière où nous allions enterrer Moxie.

Bizarrement, personne ne m'avait révélé depuis le début de mon séjour au Réseau d'urgence pour la faune que chaque animal qui y mourait avait une tombe. En fait, il s'agissait d'une pratique discrète. Dominique, par exemple, avait pu enterrer les deux balbuzards morts, mais seulement à cause de son engagement immense dans le processus de réhabilitation ; autrement, le rituel n'incluait qu'un groupe restreint de bénévoles particulièrement actifs dans le Réseau. Le contraire aurait été impensable, selon le docteur, parce qu'il ne s'agissait aucunement de notre cimetière. Il se montrait, là-dessus, catégorique. Nous ne servions, là-bas, que de responsables de l'entretien ou d'humbles jardiniers, ou de gardiens de l'ordre chargés de maintenir le lieu propre et paisible : contenir la végétation, éloigner les vandales. Le docteur croyait fermement que ce lieu revêtait un sens spécial pour les animaux, mais pas pour nous : *Pensons aux cimetières d'éléphants !* Le cimetière apaisait les peurs, disait-il – mais pas les nôtres : celles des animaux, qui, s'ils le pouvaient, exigeraient d'être enterrés. Il exprimait sur ce sujet la plus grande certitude, ce qui avait quelque chose de bouleversant et donnait envie d'agir conformément à ses exigences.

L'enterrement de Moxie s'est avéré très simple. Partant de la roche en grosse personne, nous avons marché en file sans parler jusqu'au fond du terrain où subsistait un vieux bosquet épais et tordu. Il a fallu cheminer ainsi pas moins d'un quart d'heure. Dave, Diane et le docteur transportaient respectivement une pelle, un seau d'eau et une bouture de frêne. Quant à moi, je portais l'urne de Moxie, car, de nous quatre, j'en avais été le plus souvent responsable (au point où, d'ailleurs, j'avais moi-même recueilli ses cendres au Service d'élimination des déchets organiques). Après avoir atteint l'orée du bois, nous nous sommes avancés, un peu penchés, dans un sentier sombre bordé d'épineux et d'envahissants arbustes, jusqu'à ce qu'au bout s'ouvre une clairière formant un cercle plat d'au moins dix mètres de rayon : une grande clairière que l'ancien propriétaire avait défrichée autrefois pour y dormir à la belle étoile, entre quelques vieux sapins grands et austères.

Là, au hasard, Dave a planté sa pelle et creusé. Dans le trou, nous avons d'abord posé l'urne, puis inséré la bouture. Aucune autre indication ne marquait la tombe (le docteur : *Pourquoi mettre un nom, puisqu'ils ne savent pas lire ?*). Nous avons arrosé la bouture, puis marqué un instant de silence au milieu de la clairière.

Je regardais, sous moi, l'herbe qui me montait jusqu'aux genoux et chatouillait mes mollets. De partout surgissaient des nourrissons d'arbres. On se croyait dans un espace en reboisement ! Il fallait espérer que Moxie se plaise dans ce cimetière, même si je l'imaginais mal entre ces tombes de renards heurtés sur la route et de hiboux mordus par des chiens, des victimes banales des zones intermédiaires qui s'étaient aventurées hors des bois et des ruisseaux. Et en contemplant la mince branche, le signal-Moxie sortant de la terre humide, j'ai pu constater qu'elle était, jusque dans son urne, différente, étrangère, éternellement exclue. Ô pauvre chatte greffée ! Comme il est triste que tu finisses ainsi en forêt, mêlée à des animaux qui n'ont, de leur vivant, jamais éprouvé pour toi la moindre sympathie ! Cette clairière quasi sauvage, tu l'aurais haïe. Même morte, Moxie, tu restes égarée, loin de chez toi.

Et puis tout ce cimetière me donnait des frissons ! Car, pour chaque animal mort depuis le début des activités du Réseau, on y avait planté un très jeune arbre, lequel, dans certains cas, n'était encore qu'une tige fragile, mais qui, dans d'autres cas, ressemblait à un arbrisseau – si bien que deux cents d'entre eux au moins se hérissaient un peu au hasard au travers de la clairière. *Mais c'est*, ai-je pensé en jetant un coup d'œil final, alors que nous repartions, *une forêt d'animaux morts !* Et cette pensée sinistre m'a accompagné pendant un moment, alors que nous reprenions le sentier sombre, en direction du Refuge. Nous avancions sans urne et sans arbrisseau et je sentais l'inutilité de mes mains : elles avaient porté Moxie, mais ne portaient plus rien.

Quand nous avons atteint la Zoozone, j'ai rompu le silence pour annoncer aux autres que je partais dans une heure – j'allais attraper l'autobus. Puisqu'il faisait un temps radieux, je pouvais faire à pied les cinq kilomètres qui me séparaient de l'arrêt (le poste d'essence) et transporter moi-même mes tout petits bagages. J'aurais voulu les saluer et leur dire merci pour ces jours incroyables que nous avions passés ensemble et dont je garderais un souvenir précieux – et recevoir quelque chose comme une bonne accolade : j'aurais voulu m'avancer et les prendre un par un, pendant quelques secondes, entre mes bras, en leur soufflant quelques dernières paroles ! Mais je n'ai rien pu dire avant que tous trois m'inondent, chacun à sa manière, des reproches les plus sévères.

Quelle peine ! Quel désenchantement ! Que je parte, ainsi, comme si ça ne faisait rien, c'était un abandon. Selon Diane, j'étais responsable de chaque animal malade à qui j'avais pris l'habitude d'apporter de l'eau et de la nourriture, et même de ceux que je saluais (*Comment ça va, Paco ?*) quotidiennement : j'avais créé des attentes ! Dave se disait déçu, mais pas surpris : *Il n'y a pas beaucoup de gens sérieux, au fond.* Il adoptait une posture du genre « à quoi bon les autres, il n'y a que sur soi que l'on peut compter, etc. ». Quant au Dr Denis, il cherchait des solutions : ne pouvais-je pas revenir les samedis et les dimanches, s'il arrangeait mes déplacements avec un ami représentant de commerce – *car, en vérité, on imaginerait difficilement un plus mauvais moment*, ajoutait-il : tous les citoyens volontaires venus reconstruire la

Zoozone étaient maintenant retournés chez eux et l'impact de la propagation d'acné atteignait vraisemblablement son zénith ! Il aurait donc beaucoup apprécié, le docteur, que je reste encore une semaine ou deux, le temps que les membres du Réseau reprennent le dessus, puisqu'il s'attendait à ce que la crise soit bientôt derrière eux. Dave et Diane prenaient un air plus dur : ils semblaient dire « traître » avec leur regard et vouloir s'éloigner de ma présence toxique aussi rapidement que possible.

Et c'est d'ailleurs ce qui s'est produit juste après : la bénévole au téléphone est survenue en courant, elle a attrapé Dave et Diane et, toute haletante (elle nous cherchait comme ça depuis trente minutes), leur a tendu un papier avec des indications. Quelqu'un disait avoir chez lui un ours blessé (du braconnage, une domestication ratée ?). Ils ont filé vers la jeep, la bénévole hurlant derrière eux quelques détails qu'elle n'avait pas pris en note et, dans la confusion, le docteur m'a salué avant de retourner derrière son bureau, où l'attendaient plusieurs appels en retard. Je suis donc resté seul, au milieu de la pelouse, derrière la Zoozone, n'ayant plus rien à faire, plus personne à qui parler, plus de bois épais et inconnu à explorer, plus rien à trouver. Je suis remonté dans ma chambre, j'ai fini mes valises et je suis parti, comme convenu, à pied vers le poste d'essence.

Ainsi, sous un soleil radieux de fin d'été, s'est conclu mon séjour au Réseau d'urgence pour la faune.

Est-ce que, comme on pourrait le croire, ces derniers échanges avec Dave, Diane et le Dr Denis m'avaient mis en colère au point où j'aurais eu de la rancœur ou des regrets ? Est-ce que j'étais même honteux ? Au point de songer à rester et de penser que tous trois avaient à leur manière raison ?

Non, c'est en fait à tout autre chose que j'occupais mon esprit, tandis que j'attendais l'autobus, assis à l'ombre des enseignes « Glace », « Libre-service » et « Bois ». C'est Moxie que je revoyais au travers des étapes (celles auxquelles j'avais pris part) de son existence malheureuse. Moxie avait d'abord été pour moi un corps greffé, puis un spécimen conservé dans un bocal, puis de la poussière collée au fond d'une urne et, à la fin de tout, elle était devenue le substrat organique que pompait un très jeune frêne. Mais en vérité, qu'est-ce qui se trouvait sous terre ? Avions-nous enterré le cobaye d'une expérience ? Ou une bête plongée dans le formol ? Ou les cendres de cette bête, obtenues après une procédure d'incinération très stricte ? La réponse, c'était « aucune de ces réponses ».

La réponse, c'était « un chat ».

Nous avions enterré Moxie, qui était fondamentalement un chat. Il y avait ce noyau « chat » subsistant à chaque moment de sa vie, et après sa vie, cette essence ne disparaissait pas – au contraire. À tout moment, quelqu'un pouvait surgir, déclarer être le propriétaire de Moxie (laquelle lui aurait été enlevée par le « biologiste »), réclamer qu'on l'exhume et emporter l'urne pour l'exposer dans sa chambre. Rien de plus légitime ! C'est le propre d'un chat d'être un animal domestique, d'avoir une maison, de reposer sur un meuble. (Notons cependant qu'il aurait été plutôt complexe de retrouver, parmi les jeunes pousses d'arbres, celle qu'il aurait fallu déterrer !) Et Moxie, qui avait été plus souvent qu'à son tour modifiée, enrobée et placée, en quelque sorte, dans divers compromis avec sa nature, aurait à la fin son moment d'intransigeance : *Au fond, derrière cette condition, il y a un chat, il y a un noyau de chat*, dirait-elle par le biais, évidemment, de son maître, qui parlerait en son nom. *Et en ce moment, j'exige d'être traitée comme tel.* Voilà ce qu'aurait déclaré Moxie.

J'aimais penser que Dave, Diane et le Dr Denis n'avaient eu, avec moi, qu'un moment d'intransigeance. Ce dévouement aux animaux blessés formait, de leurs trois identités, le noyau, le substrat dur auquel s'accrochait le reste. Celui-ci restait généralement invisible : comme la plupart des gens, ils avaient développé une personnalité conciliante en surface : souple, tendre, d'une douceur agréable. On pouvait les comparer à des fruits mûrs. Mais quand l'étau du monde se resserrait autour d'eux et pressait leur pulpe tendre, le fruit mûr éclatait et, sous la pression, un gros noyau dur jaillissait. Dans ces moments précis, fini le sucre et la souplesse ! On était pris avec cette version incomestible d'eux que l'on devait supporter jusqu'à ce que l'étau se relâche et que le noyau retrouve son enrobage.

Ainsi Diane, Dave et le docteur n'avaient expulsé en réalité qu'un gros pépin : c'était à moi, tout simplement, de ne pas m'étouffer avec. Un noyau, c'est banal. Un noyau, ça se recrache et je me disais : à chacun ses moments d'intransigeance. Laissons-nous, les uns les autres, expulser nos noyaux ! C'est donc sans mauvaise humeur que j'ai pris mon sac, payé mon billet et trouvé un siège dans l'autobus. Puis, une fois assis, avant que l'on démarre, j'ai sorti (je croyais alors pour la dernière fois) le bloc-notes de mes vacances et noté cette réflexion qui résumait, me semblait-il, toute la leçon contenue dans mon départ du Réseau d'urgence pour la faune.

18

Sauf qu'à nouveau, j'ai pu récolter une leçon inattendue de mes aventures. J'avais depuis longtemps réintégré mon espace et rien de ce qui concernait le Réseau ne me parvenait : Dave, Diane et le docteur avaient visiblement résolu de cesser leurs communications avec moi, et les nouvelles que je glanais à gauche et à droite ne m'éclairaient pas le moins du monde sur leurs activités. Les évènements de l'été auraient dû dès lors, comme des bibelots qui se fondent tranquillement dans le décor, prendre leur place à l'arrière-plan de mon quotidien, se ranger sur une tablette et là, se couvrir progressivement de poussière jusqu'à y disparaître. Mais quelque chose résistait. Certains souvenirs encombraient mon esprit de telle sorte que je ne pouvais m'empêcher de les examiner et de laisser surgir à leur sujet les questions les plus diverses. Qui était ce « biologiste » ? Quel plan l'avait guidé dans ses méfaits ? Et avait-il une bande ? Il pouvait se cacher n'importe où, porter un déguisement inattendu et préparer en toute tranquillité un autre coup – en fait, il pouvait bien avoir empoisonné depuis des mois un zoo ou tous les animaux d'une réserve faunique avec une bactérie à retardement sans faire naître chez personne le moindre soupçon.

Ainsi, tous les évènements de l'été m'enveloppaient encore de leurs différents mystères et faisaient en sourdine se poursuivre mes vacances. Bien qu'elles aient dépassé leur limite, mes vacances n'en étaient pas pour autant conclues ; elles avaient formellement pris fin, mais les évènements qui en avaient organisé les jours attendaient toujours leur aboutissement.

Cette situation avait cela de surprenant que l'on considère généralement qu'il est impossible d'être en vacances une fois ses vacances terminées. Toute chose cesse après sa conclusion, croit-on avec assurance. Quand c'est fini, c'est fini ! Mais en formulant une telle généralité, on ignore tous ces phénomènes qui continuent au-delà de leur terme.

Les mouches, par exemple, persistent à vivre après la saison. Une fois l'été terminé, alors que toutes les mouches auraient dû s'éteindre, surgit toujours une génération de sous-mouches – des mouches faibles, qui volent bas et qui se laissent taper sans fuir. La saison des mouches est terminée, mais cela n'empêche pas certaines mouches de vivre. Après son terme, la saison des mouches se poursuit, même si l'on ne trouve plus qu'une version exsangue et métamorphosée de celles-ci.

On observe le même phénomène avec les vieux animaux : alors qu'ils devraient mourir, plusieurs animaux accèdent à une forme nouvelle de vie. Supposons, par exemple, que vous élevez des chèvres ; vous en possédez une centaine. L'une d'elles est vieille, son lait sort par petites gouttes, la source est tarie : il est grand temps de l'emmener à l'abattoir. Mais quelque chose vous arrête – un regard un peu brillant, une certaine joie de vivre – et vous convainc finalement de l'adopter. La chèvre déménage chez vous et remplit dès lors le rôle d'un chien : sa présence vous réconforte, son comportement vous amuse. Et progressivement, c'est exactement comme un chien qu'elle se met à agir : elle dort à vos pieds, s'assied, roule, rapporte la balle. Vous la promenez en laisse. Pour elle, c'est un second départ.

Et tout ça peut vous mener très loin. Supposons que vous achetez un poussin dans une petite cage : il est adorable, il fait peu de bruit, il mange des miettes. Mais le poussin grossit et, alors qu'il conviendrait de l'expulser de chez vous, il reste, il dépasse le terme. Vous obtenez alors une poule un peu indocile qui caquète n'importe quand. Ou vous obtenez un coq au naturel hyper nerveux qui émet son cocorico régulier, sept fois par heure, de l'aube naissante jusqu'aux dernières lueurs du crépuscule. Il met votre maison en désordre. Quelque chose de votre divan le dérange : il s'en prend aux coussins. La guerre est longue, mais votre coq vient progressivement à bout du meuble – et puisque vous le laissez aller (c'est-à-dire dépasser le terme !), il gagne de nouvelles qualités : rapidité, précision, force, endurance. Au bout d'un mois, vous avez entraîné sans le savoir une machine, un tueur, un véritable coq de combat et, un jour, l'occasion se présente de l'envoyer se battre. Il triomphe, vous empochez le magot. Puisque l'expérience vous a plu, vous mettez sur pied votre propre petit réseau de combats de coqs. Ah, au début, vous n'en parlez qu'à quelques amis proches, mais rapidement les rencontres deviennent plus fréquentes, le public s'accroît, vous diversifiez l'offre avec des combats de chiens et d'animaux exotiques (comme des perroquets). Jusqu'au jour où : « Toc, toc, c'est la police ! » – votre entreprise est découverte. Les preuves amassées contre vous sont accablantes et vous écopez de trois ans derrière les barreaux. Trois ans ! Au départ, ça vous paraît long, mais le pénitencier offre de nouvelles surprises. Vous y trouvez des rats que vous entraînez à se battre. Le spectacle trouve son public, ça rapporte, et votre réputation pique la curiosité d'un certain groupe de détenus : des gars effacés, qui se parlent à voix basse, à l'ombre dans la cour. Tranquillement, vous tissez quelques liens avec eux. Comme vous, ils s'intéressent aux animaux. C'est à cause de certaines expériences de biologie qu'ils sont emprisonnés. Et ce sont des durs qui comptent bien frapper un grand coup lorsqu'ils sortiront. Ils ont déjà conçu toute une opération : il y aura une hormone qui causera de l'acné chez une variété d'animaux ; elle se dissoudra dans une sorte de mousse et sera inoculée à des chauves-souris ; un chat modifié par une greffe s'ajoutera (nébuleusement) à l'équation ; et bien qu'ils taisent leur but, les résultats de ce plan s'avéreront – ils en semblent convaincus – très, très, très intéressants. Le repaire est trouvé (une grotte). Il ne leur manque qu'un homme pour accomplir les interventions sur le terrain : un fonceur. Et ils proposent que ce soit vous.

Souvent, je m'arrêtais sur un banc au parc, à une terrasse ou devant un arrêt d'autobus et je croyais reconnaître le « biologiste ». Je voyais un individu de taille moyenne avec le même genre de chemise ou les mêmes bretelles que celles de l'homme que j'avais vu au marais et je me mettais à l'étudier attentivement. S'il avait des enfants, je me disais : *C'est un père !* Je l'imaginais forcé de prendre part au coup pour nourrir ses enfants ou les sauver d'un rapt. S'il conduisait un coupé sport, c'était un vaniteux pressé de montrer l'étendue de ses capacités ; il avait répandu l'épidémie sans réellement réfléchir aux conséquences. Enfin, s'il boitait, s'il fumait, s'il portait un veston rayé, s'il avait de la boue sur un soulier ou s'il promenait un rottweiler, j'inventais, en partant de ce détail, toute l'histoire de sa vie jusqu'aux actes décisifs posés cet été. Tout était possible, puisque je ne savais rien ! Et ainsi, pendant plusieurs mois, cette histoire m'a hanté et je suis resté occupé par mes vacances d'une manière qui s'avérait chaque jour plus obsédante.

Fort heureusement, ma lanterne s'est éclairée lors d'un apéro chez mon cousin, où l'une des invitées m'a révélé l'origine et l'identité du « biologiste ».

Nous assistions à un cocktail très singulier à l'issue duquel mon cousin se lancerait pour un mois dans un cyclothon afin de recueillir des fonds contre le cancer. Il devait se rendre jusqu'à un iceberg (en fait, atteindre un port de pêche reculé et trouver un bateau qui l'emmènerait frôler, avec son vélo, un des fameux gros glaçons) en parcourant chaque jour presque deux cents kilomètres, se nourrissant de frites, dormant dans des motels, bref, en se pliant aux conditions que lui offrirait la route. Mon cousin, qui n'avait jamais ou presque utilisé – ou même grimpé sur – un vélo, s'entraînait sans relâche depuis quelque temps à l'aide d'un vélo d'appartement ; il avait acheté un bolide, soigneusement choisi casque, gourde, lunettes et combinaison, et se sentait désormais prêt à exploser sur ses pédales. Pour célébrer son départ, il nous avait donc conviés – parents, amis, collègues, une centaine de personnes – dans sa grande maison style chalet suisse, entourée de vieux saules trempant leurs feuilles dans une piscine ronde. Là, il allait passer le chapeau et recueillir les mots d'encouragement, pendant que nous siroterions de l'alcool mélangé à des jus glacés. Le clou de cet apéro serait le départ de mon cousin, qui allait franchir, en guise de prologue à son voyage, une vingtaine de kilomètres jusqu'à son hôtel.

C'est ainsi que je me suis retrouvé, par hasard, à parler à une petite rousse énergique qui s'était assise à côté de moi. La discussion est tombée sur mes vacances et, tandis que je lui décrivais mes aventures, son visage s'illuminait, elle poussait des *oh !*, lançait des regards entendus et, après un moment, ne tenant plus en place, m'a interrompu et m'a dévoilé qu'elle connaissait très bien mon « biologiste ». *C'est Frédéric George !*

Et tout m'a semblé subitement plus clair. *Frédéric George* : je me suis répété vingt fois ce nom, car le connaître revenait à assécher le puits d'où remontaient toutes mes spéculations. Enfin le calme ! La partie de mon esprit qui s'agitait à la recherche du « biologiste » parvenait enfin à s'apaiser et je me préparais à couper définitivement le fil qui me reliait aux évènements de l'été.

Mais était-ce bien lui ? *Aucun doute*, m'a-t-elle assuré en piquant un gros champignon grillé dans son assiette. Elle connaissait Frédéric George depuis plus de vingt ans, alors qu'ils fréquentaient ensemble l'université. Ah, se rappelait-elle, Frédéric George était cet élève plutôt terne, qui n'obtenait que des résultats moyens, que l'on voyait peu aux fêtes d'étudiants, qui avalait chaque midi invariablement un sandwich au jambon, des carottes et un jus de légumes, et qui passait, en classe, son temps à remplir les grilles de mots mystères à la fin du journal. Elle n'avait même de lui qu'un souvenir très nébuleux, comme de quelque chose d'endormi, que l'on remarque à peine. De cette manière amorphe, Frédéric George avait obtenu son diplôme et, comme elle, le titre professionnel de médecin vétérinaire.

Tout destinait Frédéric George à devenir docteur pour animaux, simple vétérinaire dans sa petite clinique, inspecteur de chiens qui toussent, castrateur de chats, rigolait la petite rousse énergique, mais autre chose s'est produit. À peine avait-il reçu son diplôme qu'il décrochait un poste de chercheur dans une filiale de Seminex, le géant mexicain de l'insémination des animaux d'élevage. Il avait subitement des conditions de pro : un laboratoire high-tech, un salaire de six chiffres, un stationnement réservé. Tous ses collègues :

des sommités ! Tout ce qu'il faisait : un défi intellectuel frais ! (Je connaissais moi-même Seminex, l'entreprise étoile qui faisait régulièrement la manchette avec sa politique agressive d'acquisitions des concurrents et ses prouesses technologiques.) On se demandait, se rappelait-elle, comment le médiocre Frédéric George avait eu le poste, et les autres étudiants de la cohorte s'attendaient à ce qu'il soit renvoyé avant un mois. Mais il s'était accroché et, mois après mois, son nom se maintenait dans l'organigramme de Seminex.

Puis, trois ans plus tard, mon interlocutrice a déniché un emploi d'assistante chez Seminex. Là-bas, tout le monde lui parlait de « Fred G. ». Ils adoraient Fred G. Tous les employés saluaient Fred G. dans les corridors, feignaient avec lui une certaine familiarité et, quand ils allaient boire un verre, insistaient avec force pour qu'il se joigne à eux (ce qu'il refusait systématiquement). Ses meilleurs coups étaient souvent remémorés, certains le citaient à tout propos et comme sa vie en dehors du travail constituait un mystère, ils avaient engrangé sur lui quelques anecdotes obtenues au hasard : quelqu'un l'avait aperçu pique-niquant seul, absorbé dans la contemplation d'un étang, un autre l'avait croisé au sommet d'une petite montagne dont il descendait avec un paquet, et un dernier l'avait vu s'acheter un bidon d'essence. Mais à part ça : secret ! On ignorait tout de Fred G.

Puis, l'année suivante, la petite rousse énergique s'est retrouvée à l'intérieur de l'équipe Hormone, que dirigeait son fameux collègue. Seminex développait alors un nouveau produit qui devait décupler la fertilité des animaux, et l'équipe de Frédéric George avait fait des percées formidables : certaines substances mises au point répondaient non seulement à l'objectif initial, mais elles agissaient indistinctement sur n'importe quel animal, de l'âne au poulet. Fred G. et son équipe avaient à portée de main un fertilisant global, un seul produit qui fonctionnerait sur toutes les bêtes. Et sans le vouloir, au fil de leurs expériences, ils multipliaient les découvertes pertinentes, trouvant un jour une hormone « changement de sexe » et le lendemain un produit qui faisait pousser le poil. Et, même s'il restait à perfectionner la recette et à limiter, au passage, les effets secondaires, l'équipe Hormone pouvait se considérer très, très près du but. *Quand j'arrivais au travail, je me sentais fébrile*, me résumait-elle, plongée dans ses souvenirs, *parce que je ne pouvais pas prévoir le matin ce qu'on découvrirait l'après-midi même ! On se sentait comme des explorateurs. On mettait le pied sur une île, on mordait dans ses fruits, mais on ne savait pas d'avance ce qu'ils sentiraient !*

Puis Frédéric George a décidé un jour de quitter son emploi. Il s'apprêtait, selon toute vraisemblance, à décrocher un poste de vice-président à la recherche, lorsqu'il a préféré partir, sans donner de motif, sans claquer la porte et sans abandonner cet air suprêmement vif et serein qui ne le quittait jamais. L'équipe Hormone a été immédiatement dissoute et ses recherches transférées en Europe (*où ils ont ruiné tout notre travail !*). Quant à Frédéric George, il est devenu pendant cinq ans le tranquille, le régulier, le dévoué propriétaire sans histoire de l'animalerie

Toutou Monde. Personne ne le voyait hors de sa boutique. Il restait derrière le comptoir, vendait de la litière, des « os » en nerfs séchés, des filtres d'aquariums, et offrait ses conseils sur les pâtées haut de gamme. Il semblait parfaitement satisfait. Ses anciens collègues de Seminex l'oubliaient progressivement.

Et puis son nom s'est retrouvé dans le journal pour une sombre histoire de trafic d'animaux. On l'a sorti, menottes aux poignets, de son animalerie ! Il pratiquait en secret le commerce des chauves-souris rares ! Le réseau complexe de Frédéric George comprenait des trappeurs, des transporteurs, des chiroptérologues (qui conservaient les chauves-souris en vie dans la cave de Toutou Monde), de même qu'un cercle restreint d'esthètes auprès desquels il écoulait sa marchandise. La justice a condamné Frédéric George. Celui-ci a purgé sa peine et, une fois libre – a conclu la petite rousse énergique –, il a refait surface dans les forêts et les marécages où nous l'avions croisé et baptisé, faute de mieux, le « biologiste ».

Mais avait-il contacté d'anciens collègues ? Avait-il tenté de mettre à jour ses connaissances auprès d'autres chercheurs ? Avait-il annoncé ses intentions dans une lettre ou un manifeste ?

Pas du tout. Il s'était contenté de sortir de prison et de disparaître.

Mais comment expliquer ces transformations successives ? Frédéric George suivait-il un plan ? Est-ce qu'il mijotait Seminex à l'école, et, chez Seminex, préparait l'animalerie, et l'animalerie devait-elle d'emblée ne servir que d'écran au trafic d'animaux, lequel, en définitive, conduirait à la grotte, au marécage, au vol de documents et au reste des évènements de l'été? *Peut-être*, s'est-elle exclamée, *mais ça m'étonnerait!* Selon elle, il fallait surtout voir, dans ces épisodes, le portrait de quelqu'un qui change. Frédéric George avait toujours porté en lui les prédispositions qui l'avaient mené vers chacun de ces gestes et une série de modifications décisives dans son environnement avaient fait tour à tour sortir en lui ce qui préférait dormir, puis ce qui s'attelait à la tâche, puis ce qui voulait se battre. C'était le remuement qui l'emportait à chaque étape : la supériorité d'une prédisposition sur les autres, à la manière d'une manche à air perpétuellement emportée et gonflée par le vent – lequel dépend, comme on le sait, de facteurs aussi divers que la chaleur, l'humidité et la pression atmosphérique.

Et si ça se trouvait, après sa fuite hors de la grotte, Frédéric George s'était une fois de plus laissé entraîner par le tumulte qui alimentait sa vie, et il s'adonnait désormais à la pratique solitaire de la taxidermie en banlieue, à l'élevage de cochons ou à la rédaction d'un guide d'identification des oiseaux. Puisque rien ne permettait d'expliquer la succession de choix contradictoires qui avaient jalonné son passé, rien ne permettait non plus d'anticiper ses choix futurs. L'incompréhensible vétérinaire Frédéric George s'avérait, en définitive, absolument insaisissable.

Et je poursuivais avec la petite rousse énergique notre conversation sur les vacances et sur les leçons que l'on peut en retirer quand le son d'une clochette nous a interrompus. Mon cousin est alors apparu – tout luisant dans sa combinaison noire qui collait à sa peau, coiffé de son casque, portant des gants mi-doigts, des lunettes pendant à son cou par un élastique – et il a entamé un discours pour ses invités. *Je voudrais seulement*, a-t-il dit d'abord, *attirer votre attention sur une particularité du voyage que j'amorce aujourd'hui devant vous.* Il a grimpé sur un escabeau près de lui (il s'y tenait en équilibre précaire) et a déclaré : *Ce cyclothon constituera une première mondiale.* Une première en tout ? Non : il a concédé que, bien sûr, la distance à parcourir était exceptionnelle, la durée du trajet de l'ordre de l'extrême, que ne manqueraient ni les montagnes ni le froid, mais d'autres cyclothons auparavant s'étaient distingués de l'une ou l'autre de ces manières. Là où son aventure marquerait l'histoire, en revanche, c'est qu'il ne saurait strictement pas où il irait ! Il s'en remettrait seulement à son intuition, tournant parfois à gauche, tournant parfois à droite, se laissant aspirer par le paysage, demandant le moins possible son chemin, jusqu'à ce qu'il tombe sur un iceberg. Mon cousin disait avoir pas mal fouillé et s'être renseigné chez des vieux pros et, selon ces derniers, il s'agissait sans aucun doute du premier cyclothon dépourvu d'itinéraire. Il croyait que ce serait doublement un défi, puisque le but était flou, mais il ne craignait nullement l'excès d'effort, se décrivant volontiers comme un sourcier qui utiliserait en guise de baguette ses pédales, qui descendrait des cours d'eau (les routes secondaires) et vivrait de ce que la route offrirait au passage. Il a livré ensuite quelques détails concernant le volet collecte de fonds de l'activité, puis s'est dirigé vers la ligne de départ tracée dans l'allée, juste devant sa porte, où tous les invités l'ont suivi également.

Nous avons donc formé une petite masse sur le pas de la porte et certains parmi les invités en ont profité pour échanger avec lui quelques dernières paroles. Quelle était l'origine, a demandé l'un d'eux, de cette combinaison moulante qu'il avait enfilée ? Il s'agissait, a expliqué mon cousin, d'un tout nouveau textile dont il avait obtenu à grand-peine quelques mètres pour y faire tailler ce maillot. Le fabricant promettait que l'air en frapperait la surface sans causer la plus infinitésimale friction. *Avec mon maillot*, résumait-il, *l'air va essayer de m'attraper, mais je vais lui glisser entre les doigts !* Il promettait de traverser les villages à une vitesse telle que les badauds ne sauraient jamais ce qu'ils avaient vu, si bien qu'il répandrait derrière lui une traînée de stupeur et laisserait les habitants des régions reculées interloqués pendant longtemps.

Et cette traversée fulgurante de mon cousin vers son iceberg me faisait soudainement envie, si bien que j'aurais volontiers, à sa place, enfilé cette combinaison. Comme Frédéric George, mon cousin avait choisi de mettre sa vie de côté pour se transformer en une forme mouvante, imprévisible et floue – quelque chose que l'on pouvait difficilement toucher et encore moins saisir. Tous deux jouissaient d'un rare statut d'inatteignables : mal perçus, incompris, inexpliqués ! Aucun souci ! Rien ne les touchait, puisque rien ne parvenait à les saisir. Et tandis que mon cousin enfourchait son vélo et qu'il donnait à son pédalier l'élan inaugural, je me suis remémoré le bloc-notes bourré de maximes de mes vacances. Sur un meuble chez moi, il attendait toujours – je m'en rendis compte alors – d'être rempli par les mots d'une dernière pensée, laquelle viendrait compléter la suite et donnerait à l'ensemble l'air d'une collection entière. Il n'en manquait qu'une seule ! Et je croyais bien, grâce aux évènements de la dernière heure, en avoir trouvé la formulation exacte ! Une main s'est alors posée sur mon épaule et j'ai reconnu la petite rousse énergique qui se glissait à travers les invités pour s'approcher de moi. La dernière maxime prenait forme dans mon esprit ; j'ai attrapé le bras de ma nouvelle amie, que j'ai serré assez fort, puis murmuré dans son oreille : *Lâchez tout. Devenez un phénomène inexplicable.* Ensuite, j'ai déclaré pour moi-même *voilà* et, à ce moment précis, mon cousin a disparu au bout de la route dans le soleil couchant.

Mon bloc-notes

1. Tenez-vous prêt pour les réveils abrupts.

2. Si la randonnée devient une épreuve, faites-en une excursion.

3. N'imposez pas aux autres votre manière de fuir.

4. Faites de ce qui vous assaille votre milieu de vie.

5. Ignorez les leçons de vos meurtrissures.

6. Ô colons sereins, sifflotez.

7. Choisissez des responsabilités agréables.

8. Sachez paisiblement ignorer qui vous êtes.

9. Pourchassez les fantasmes nés de la paix intérieure.

10. Faites de votre manière de nuire votre manière de vous amuser.

11. Fini l'ermitage insouciant, faites-vous défricheur.

12. Tolérez les ramollissements de votre autodiscipline.

13. Quelqu'un doit prendre soin de tous les indolents.

14. Il faut remplacer le stock des illusions qui rassurent.

15. Rien n'offre de meilleures chances de survie que l'indifférence à ses propres fantasmes.

16. L'ennemi s'appelle « c'est relatif ».

17. À chacun ses moments d'intransigeance.

18. Lâchez tout. Devenez un phénomène inexplicable.

Cet ouvrage a été mis en page par IGS-CP
à L'Isle-d'Espagnac (16)

CET OUVRAGE
A ÉTÉ ACHEVÉ D'IMPRIMER
SUR ROTO-PAGE
PAR L'IMPRIMERIE FLOCH
À MAYENNE EN FÉVRIER 2025

N° d'édition : 646015-0. N° d'impression : 106348
Dépôt légal : mars 2025
Imprimé en France